U0133302

起死与采薇

《故事新编》中的古与今

祝宇红　著

华东师范大学出版社
·上海·

华东师范大学出版社六点分社　策划

关注中国问题
重铸中国故事

缘　　起

在思想史上,“犹太人”一直作为一个“问题”横贯在我们的面前,成为人们众多问题的思考线索。在当下三千年未有之大变局中,最突显的是“中国人”也已成为一个“问题”,摆在世界面前,成为众说纷纭的对象。随着中国的崛起强盛,这个问题将日趋突出、尖锐。无论你是什么立场,这是未来几代人必须承受且重负的。究其因,简言之:中国人站起来了!

百年来,中国人“落后挨打”的切肤经验,使我们许多人确信一个“普世神话”:中国“东亚病夫”的身子骨只能从西方的“药铺”抓药,方可自信长大成人。于是,我们在技术进步中选择了“被奴役”,我们在绝对的娱乐化中接受“民主”,我们在大众的唾沫中享受“自由”。今日乃是技术图景之世界,我们所拥有的东西比任何一个时代要多,但我们丢失的东西也不会比任何一个时代少。我们站起来的身子结实了,但我们的头颅依旧无法昂起。

中国有个神话,叫《西游记》。说的是师徒四人,历尽劫波,赴西天“取经”之事。这个神话的“微言大义”:取经不易,一路上,妖魔鬼怪,层出不穷;取真经更难,征途中,真真假假,迷惑不绝。当下之中国实乃在“取经”之途,正所谓“敢问路在何方”?

取“经”自然为了念“经”,念经当然为了修成“正果”。问题是:我们渴望修成的“正果”是什么?我们需要什么“经”?从哪里“取经”?取什么“经”?念什么“经”?这自然攸关我们这个国家崛起之旅、我们这个民族复兴之路。

清理、辨析我们的思想食谱,在纷繁的思想光谱中,寻找中国人的“底色”,重铸中国的“故事”,关注中国的“问题”,这是我们所期待的,也是“六点评论”旨趣所在。

点　点

2011.8.10

Contents 目录

关于《序言》的序言

《故事新编·序言》中，鲁迅交代了八篇小说的创作过程，小说集的写作分布在三个时段：1922年，1926年，1934—1935年。除了写作时间上的较大跨度，小说集的创作最为重要的特点是，多次重启、最后加速完成。有理由认为，《故事新编》在不同时期存在着多重不同的起源。

1. 多重起源

1922年冬天，鲁迅写了《不周山》（后来改题为《补天》）。回顾1922年创作《不周山》的动机时，鲁迅这样描述最初的思路："那时的意见，是想从古代和现代都采取题材，来做短篇小说，《不周山》便是取了'女娲炼石补天'的神话，动手试作的第一篇。”①“从古代和现代都采取题材”这一说法,有学者理解为“除了想从现代取材来做短篇小说之外,也想从古代取材来做短篇历史小说”②。从上下文的表述来看,这种理解似有偏差。根据语义,只有把题材既包含“古代”又包含“现代”的短篇小说视为一种独特的小说文体,才能将《不周山》称为“动手试作的第一篇”,不然“第一篇”后面必须加上“古代题材”云云才符合逻辑。

不过,表达的不无含混可能本身也体现出鲁迅当时在“怎么写”问题上仍有未清晰之处。1922 年冬天,鲁迅对于他后来称之为“神话、传说和史实的演义”的“故事新编体”小说究竟怎么写,似乎仍有些踟蹰。他自述在具体的创作中“从认真陷入了油滑”,“止不住”将现实中“含泪的批评家”写到了女娲补天的故事中,即小说中出现在女娲两腿之间“古衣冠的小丈夫”。对《补天》中这种将“现实”杂糅到“古代”的写法,鲁迅称之为“油滑”,认为是“创作的大敌”,于是“决计不再写这样的小说”。换一个角度看,“这样的小说”,如果理解为“从古代和现代都采取题材”的短篇小说,序言中强调最初创作“是很认真的”,不妨理解为既是对“古代”的认真,也是对“现代”的认真,更是对“创作”一种新的小说

---

① 鲁迅:《故事新编·序言》,《鲁迅全集》第 2 卷,第 353 页,北京:人民文学出版社,2005 年。

② 李桑牧:《〈故事新编〉的论辩和研究》,第 11 页,上海:上海文艺出版社,1984 年。

形式的“认真”。那么，鲁迅并未否定“这样的小说”的可能性，似乎觉得《补天》的写法没有达到预期，就暂时搁置了此类创作。

第二个阶段是创作《奔月》和《铸剑》(原题《眉间尺》)的1926年。这时鲁迅已经计划好“足成八则《故事新编》”，可见他对于将要重写的“古代”题材已有基本构思，只是因为他马上离开厦门去广州，小说创作又搁置起来。这里值得关注的是，鲁迅并未把这一计划完全抛开，他自述，“后来虽然偶尔得到一点题材，作一段速写，却一向不加整理”①。那么，这偶尔得到的“题材”，究竟属于“古代”还是“现代”？想来这里应该还是以“现代”为主。因为对于颇有旧学功底、教授中国小说史且作了《中国小说史略》的作者来说，“古代题材”并不难得，难得的正是开始此类创作时鲁迅就想要为“古代”题材灌注的“现代”内容。有了“现代题材”之后，更进一步地，则是“现实题材”如何能够融入“古代题材”叙述：和“古代题材”产生关联与对话，重新激活“古代题材”，而不会因“油滑”遮蔽小说意旨、损害创作风格。其实，研究者普遍认可《铸剑》里面那个黑色人宴之敖者身上有着浓厚的鲁迅本人的色彩，况且不见于典籍的“宴之敖者”这个名字，恰恰是鲁迅用过的笔名。那么，可以说鲁迅并不回避将“现实

① 鲁迅:《故事新编·序言》,《鲁迅全集》第2卷,第354页,北京:人民文学出版社,2005年。

题材”融入神话、传说的“演义”之创作,他在意的是如何写得“认真”而不流于“油滑”。鲁迅对这一时期写的《铸剑》比较满意,大概指的就是没有《补天》的“油滑”,没有那种“现实题材”进入“古代题材”产生的突兀、割裂感。同样,《奔月》更是将高长虹对鲁迅的攻击化入逢蒙陷害夷羿的故事中,那种切身的体会使得小说叙述异常真切,而小说依然写得从容风趣、意味深长。鲁迅在评价芥川龙之介《鼻子》《罗生门》时曾经说:“他想从含在这些材料里的古人的生活当中,寻出与自己的心情能够贴切的触著的或物,因此那些古代的故事经他改作之后,都注进新的生命去,便与现代人生出干系来了。”①《奔月》与《铸剑》很能体现类似“与自己心情能够贴切”的创作方式,“现实题材”成为“神话传说”的激活剂,如果仍然称这种创作方式为“油滑”,那么“油滑”似乎并非不足取,反而能够成为一种文学的“酵素”。

写完《奔月》和《眉间尺》之后暂时搁置的几年里,鲁迅一直没有放弃继续此类创作的打算。1930 年 1 月北新书局出版小说集《呐喊》第 13 版时删去了《不周山》。鲁迅在《故事新编·序言》中说,因为成仿吾评论《呐喊》时只推《不周山》为佳作,小说集再版时自己干脆将这一篇删除。值得注意的是,这里鲁迅说是“印行第二版”时删除的《不周山》。

---

① 鲁迅:《〈现代日本小说集〉附录:关于作者的说明·芥川龙之介》,《鲁迅全集》第 10 卷,第 243 页,北京:人民文学出版社,2005 年。

但是细考起来，成仿吾的批评文章是在 1924 年 2 月发表的，从 1924 年 2 月到 1930 年 1 月之间，小说集《呐喊》在北新书局出了 10 个版次，内容都没有变化，只是到 1930 年 1 月第 13 版才删去了《不周山》，可见鲁迅的说法对事实作了简化和修正。将改订的《呐喊》版本称为“第二版”，其实后面隐藏了更为复杂曲折的创作构思、版本修订过程。也许正是这个时候，他重新回顾 1926 年“足成八则”的想法，将《不周山》删去就是为了未来将其收入小说集《故事新编》。1932 年，鲁迅将《眉间尺》改题为《铸剑》，收入《自选集》。类似“铸剑”这种“动宾结构”的两个字构词方式，在后来创作的几篇“故事新编”小说题目中延续下来。或许正是这个时候，鲁迅已经决定了将“史实的演义”融入“现实题材”的方法。由时事触发而将“古衣冠的小丈夫”杂糅到《补天》的女娲故事，如果因为偶然性打破原来的构思，使得“现实题材”与“古代题材”的融合不够“有机”，那么，在《奔月》和《铸剑》中将个体经验感受转化、嫁接到夷羿、眉间尺故事，后两篇小说的羿与黑色人无疑兼具了神话传说的“英雄本色”和现代人的“新的生命”。因此，鲁迅有了信心，要“足成八则”。

确实，后来在鲁迅 1934—1935 年间创作的五篇小说中，“现代题材”不仅没有减少，反而越来越多融入“古代题材”的叙事之中，这可以理解为鲁迅将曾经不无含混的“从古代和现代都采取题材”的设想落实为非常自觉的创作方式。这种"现代题材"也不限于个体经验感受,而是扩大为对现代中国社会尤其是知识分子阶层的洞察,所以鲁迅委婉地指出,后来的创作"仍不免时有油滑之处",而且这是因为"对于古人,不及对于今人的诚敬"。所谓"诚敬",应该理解为"写古事"背后灌注的更多是对现实人与事的关注,或者说小说创作特别重视将现实的人与事联系到"古事"加以认识和挖掘吧。这样,一方面通过"古事"的"光照",现实的人与事的某些隐微之处洞然可见;另一方面通过"现实题材"激发,对"古事"的理解也得以彰显更多可能。

如上所述,在鲁迅自己的表述中,《故事新编》的构思与写作经历了多次重启的过程,这样,除了《补天》,其他收入《故事新编》的小说在构思上可能都由不同时期的多重现实触发,形成"古代题材"与"现实题材"(包括现实文本)的多重对话关系,尤其体现在集中写于1935年底的后四篇小说《理水》《采薇》《出关》《起死》。这样,不妨联系鲁迅几次构思前后的现实文化语境来大胆猜测一下,尝试重构《故事新编》的构思与创作过程。

五四新文化运动风起云涌之际,新文化人在反传统的同时也极力"重估/重塑传统"。1921年郭沫若出版《女神》集,其中《女神之再生》写女娲在共工颛顼之战导致不周山倒塌、"天盖倾倒"之后炼五彩石补天的故事,《三个泛神论者》歌颂泛神论者庄子;1922年11月鲁迅创作《不周山》,1935年12月创作《起死》,主人公分别是女娲和庄子。郭沫若

1922年1月发表《洪水时代》、1923年2月发表《孤竹君之二子》、1923年发表《鹓雏》(1926年1月收入《塔》,后改题《漆园吏游梁》)、1923年8月发表《函谷关》(1926年1月收入《塔》,后改题《柱下史入关》)分别描绘了大禹、伯夷叔齐、庄子、老子,而鲁迅1935年创作《理水》《采薇》和《出关》的主人公恰恰也是这些历史人物。他们关注同样的神话故事、历史传说,代表了五四以后中国知识分子对文化传统阐释涉及的重要命题有着基本认同。鲁迅和郭沫若的创作之间不无相互激发和对话辩驳的意味。

1923年,顾颉刚发表著名的《与钱玄同先生论古史书》,其中写道:"至于禹从何来? ……我以为都是从九鼎上来的。禹,《说文》云:'虫也,从禸,象形。'禸,《说文》云:'兽足蹂地也。'以虫而有足蹂地,大约是蜥蜴之类。我以为禹或是九鼎上铸的一种动物……"①顾颉刚由此认为,大禹只是一个图腾。1926年北平朴社出版顾颉刚《古史辨》第一册,为此他专门写了长长的《古史辨自序》。1935年,鲁迅创作《理水》重写大禹治水故事,特别刻画了一个断言"'禹'是一条虫"的红鼻尖学者。或许,鲁迅在1926年就试图与"古史辨"派有所对话、开始构思"理水"故事,经过长期的沉淀与发酵,在1935年11月很短时间内完成小说的创作。

---

① 顾颉刚:《与钱玄同先生论古史书》,1923年5月《读书杂志》第9期。

1926年至1928年发生北伐战争,鲁迅本来对南方的国民革命抱有期待,拥护、支持北伐。因此,他1926年秋从北京南下厦门,1927年1月又从厦门赴广州。但是,现实让他从兴奋转为忧虑与失望。1927年6月2日,发生了震动中国知识界的王国维自沉事件。当时,张作霖在北京滥杀知识分子的残酷行径、外间关于北伐军侮慢知识分子的传闻、关于王国维被列入《戏拟党军到北京后被捕的人物》名单的说法、同在清华国学院的梁启超宣称将要离京避难,都是促使王国维绝望的现实因素。1927年9月20日,在王国维的葬礼上,并未"逃难"的梁启超发表了《王静安先生墓前悼辞》,以伯夷叔齐比拟王国维,并且评价其"三种矛盾的性格合并在一起",由此"至于自杀"。1928年1月,鲁迅在《谈所谓"大内档案"》一文中感慨王国维"老实到像火腿一般","被弄成夹广告的Sandwich"①。鲁迅是否在1926年间构思"夷齐故事"之后,由"现实题材"的触发不断更新构思?由此在1935年12月创作《采薇》时,王国维自沉事件的影子化入了伯夷叔齐的造像之中?小说《采薇》中,伯夷叔齐不赞同周武王"恭行天罚""以暴易暴",恰如王国维对北伐军的疑惧,也生发出关于"天命"口号和"革命正义"的重新审视;伯夷叔齐离开养老堂,"华山大王小穷奇"身上带着军阀张作霖

① 鲁迅:《谈所谓"大内档案"》,《鲁迅全集》第3卷,第585页,北京:人民文学出版社,2005年。

的印迹,给了伯夷叔齐一番惊吓;而小丙君对伯夷叔齐之不食周粟不以为然,批评他们"通体都是矛盾",多多少少带着梁启超批评王国维的口吻。

1931 年发生九·一八事变,这是日本帝国主义长期以来推行对华侵略扩张政策的结果,中日矛盾激化。正是由于九·一八事变的刺激,在五四落潮之后致力于"整理国故"的胡适开始对儒家文化加以思考。1932 年 10 月 25 日,胡适在天津南开大学作了题为《中国问题的一个诊察》的演讲,其中有这样的判断:"我们的武力虽然不如人,然我们的文化却有过之无不及,因此我们被外族征服了之后,外族却常被我们同化过来。"①这种"倒征服"的观念在 1934 年 12 月发表的近五万字的《说儒》中得到集中体现,在胡适笔下,儒是"殷民族的教士","他们的人生观是亡国遗民的柔逊的人生观"②。1933 年 3 月 6 日瞿秋白借用鲁迅笔名"干"发表了批评胡适的《王道诗话》,此文后来也收入鲁迅杂文集《伪自由书》。《王道诗话》主要批评曾经参与保障人权与民权活动的胡适转而维护镇压革命的"王权"——"政府权"。而 1933 年 3 月 19 日,胡适在《独立评论》发表《日本人该醒醒了!》,其中引述萧伯纳的话"日本人决不能征服中国的",然后说

---

① 胡适:《中国问题的一个诊察》,陈振汉记,1932 年 11 月 10 日《南开大学周刊》第 134 期。

② 胡适:《说儒》,欧阳哲生编《胡适文集》第 5 卷,第 3 页,北京:北京大学出版社,1998 年。

自己对此的回答是:“是的,日本决不能用暴力征服中国。日本只有一个法子可以征服中国,即就是悬崖勒马,彻底的停止侵略中国,反过来征服中国民族的心。”①联系到胡适一向对政府的“小骂大帮忙”、对日本的示弱姿态,鲁迅在 1934 年写了《关于中国的两三件事》,从批评中里介山的“王道”论,进而转入批评胡适“征服中国人的心”的不妥言论,有理由认为,在 1930 年代的现实文化语境中,关于儒家文化柔逊说、关于“王道”说、关于异族入侵的话题同样融入“夷齐故事”的重写中。

2. 最初的原点

尽管《故事新编》存在着多重起源,但细加探究,不难发现,《故事新编》的写作实际上存在着一个原始的基点,《故事新编》的写作从来也没有离开过这个最初的原点。对文化传统的重估与现实的知识阶级批判对鲁迅而言从来就是一个“二而一”的主题。

联系他早在东京时期写作的一系列古文论文,会发现《故事新编》中各种思考在鲁迅写作伊始就已经展开。

1926 年 10 月,鲁迅将早期的古文论文《人之历史》《科

---

① 胡适:《日本人应该醒醒了!》,1933 年 3 月 19 日《独立评论》第 42 号。

学史教篇》《文化偏至论》《摩罗诗力说》收入了《坟》，并且在题记中专门指出，“我就要专指斥那些自称‘无枪阶级’而其实是拿着软刀子的妖魔”。① 所谓“无枪阶级”，指的是当时在女师大学潮之后和鲁迅论辩的“现代评论派”的“正人君子”。不久，鲁迅就有了足成八则《故事新编》的构思，他应该在这段时间就明确了要将知识阶级批判与重估文化传统这两个问题结合在《故事新编》的创作中。但是随着对北伐现实的失望，鲁迅在写了《奔月》《铸剑》之后又搁置了这个计划。1935 年 1 月 4 日，鲁迅在致萧军、萧红信中提到：“近几时我想看看古书，再来做点什么书，把那些坏种的祖坟刨一下。”②这里的“坏种”和 1926 年所说的“自称‘无枪阶级’而其实是拿着软刀子的妖魔”可以对照来理解，无疑也指向 1930 年代“知识阶级”的某种类型。鲁迅应该是在这个时候决心要重启《故事新编》的创作，并且在同年底用很短时间完成了后面几篇小说的写作。

沿着这一思路，将《故事新编》与早期古文论文结合起来阅读，不难看到鲁迅早期思考的问题在最后一部小说集中得以重现，并且以某种“油滑”的方式将“古代题材”与“现代题材”打通，果然“并没有将古人写得更死”，而是在早年古

---

① 鲁迅：《〈坟〉题记》，《鲁迅全集》第 1 卷，第 4 页，北京：人民文学出版社，2005 年。

② 鲁迅：《350104 致萧军、萧红》，《鲁迅全集》第 13 卷，第 330 页，北京：人民文学出版社，2005 年。

文论文的基础上重新激发了“古”与“今”的相互映照。那么,下面试来对比一下几篇古文论文与《故事新编》,尝试寻绎其内在联系,勾勒出鲁迅思想中一以贯之的知识阶级批判问题。

《人之历史》从德国海克尔的著述谈起,肯定海氏“立种族发生学,使与个体发生学并,远稽人类由来,及其曼衍之迹”。小说《补天》以女娲造人、炼石补天为主干,虽重写的是神话传说,实则内含个体发生学与种族发生学的关怀。更重要的是,《人之历史》中注意到古人创造神话的根本命义恰恰在认识“官品起原”,由此联系到女娲故事和屈原《天问》中“鳌载山抃”的追问:“盖古之哲士宗徒,无不目人为灵长,超迈群生,故纵疑官品起原,亦彷徨于神话之歧途,诠释率神閟而不可思议。如中国古说,谓盘古辟地,女娲死而遗骸为天地,则上下未形,人类已现,冥昭瞢暗,安所措足乎?屈灵均谓鳌载山抃,何以安之,衷怀疑而词见也。”①《补天》不仅写了女娲抟土造人的过程,还特别写到“天地分崩”之后,女娲吩咐一队巨鳌将山“驼到平稳点的地方去”。1922年鲁迅创作小说时以“不周山”为题,强调共工颛顼之战造成不周山倾颓的作为“种族历史”之“人之历史”的破坏性,与郭沫若《女神之再生》对战争的批判颇可对应。而到了收

① 鲁迅:《人之历史》,《鲁迅全集》第1卷,第9页,北京:人民文学出版社,2005年。

入《故事新编》时，将《不周山》改题《补天》，既是与小说集中其他七篇标题统一，也是更在意“远稽人类由来，及其曼衍之迹”的“个体发生学”与“种族发生学”的双重“人之历史”。

《科学史教篇》考述科学在人类文明发展中的巨大作用，尤其指明“科学精神”不同于“科学知识”或“科学教条”，强调人的“神思”、超越“实利”的科学之精神向度。鲁迅指出，如果守着“科学教条”的“末”而失去“科学精神”的“初”与“本根”，文明照样会偏至以致堕落：“盖末虽亦能灿烂于一时，而所宅不坚，顷刻可以蕉萃，储能于初，始长久耳。顾犹有不可忽者，为当防社会入于偏，日趋而之一极，精神渐失，则破灭亦随之。”①小说《理水》中，鲁迅刻画了一批执着于“科学教条”之“末”的文化山学者。遗传学者用“阔人的子孙都是阔人，坏人的子孙都是坏人”来断定“鲧不成功，他的儿子禹一定也不会成功”；考据学者鸟头先生用“很小的蝌蚪文写上抹杀阿禹的考据”，断定“‘禹’是一条虫”。在这些学者看来，自己秉持“科学”立场、手握真理，然而，鲁迅却用戏谑的方式揭示出他们完全偏离“科学精神”，早已把“科学”变成了机械僵化的信条。这里，鸟头先生与拄拐的遗传学者固然让人想到顾颉刚和潘光旦，但《理水》融入“现实题材”显然并非为了具体影射某人而旨在知识阶级批判，尤其

① 鲁迅：《科学史教篇》，《鲁迅全集》第1卷，第35页，北京：人民文学出版社，2005年。

针对不合时宜地在民族危亡之际大谈“疑古”论调的“古史辨”派,其“科学教条”甚至不无“历史虚无主义”色彩。

《文化偏至论》论述文明发展之迁流:“盖今所成就,无不绳前时之遗迹,则文明必日有其迁流,又或抗往代之大潮,则文明亦不能无偏至。”文中批评只知一味崇尚物质的偏至时代,批评现时代“奔走干进之徒”“善垄断之市侩”,批评代替古代独夫的当今“万千无赖之尤”①。在《奔月》中,鲁迅描绘了曾经射杀封豕长蛇的射日英雄夷羿如今早已被人遗忘,养鸡的老太婆讽刺他吹牛,过去的弟子逢蒙谣言中伤不算,还试图偷袭暗害他,将羿的功劳名声贪为己有。而在这种只有“谋生忙”“无聊事”的平庸环境中,羿显然也无从施展他的本领,甚至连太太嫦娥也弃他而去、奔月离开。从羿的神奇瑰丽的浪漫英雄时代,到逢蒙的平庸世俗的物质时代,“文化偏至”的观点隐隐铺垫着对“摩罗诗人”的呼唤。

《摩罗诗力说》介绍西方摩罗诗人,鼓吹传递“心声”“内曜”的“神思”之作,呼唤“精神界之战士者”②。后来,鲁迅在小说《铸剑》塑造了不计利害的复仇者眉间尺、黑色人宴之敖者,在《非攻》中塑造了用“义”“爱”“恭”来反对杀伐战争的墨子,可谓传递《摩罗诗力说》所言“庄严”“崇大”的

---

① 鲁迅:《文化偏至论》,《鲁迅全集》第1卷,第47页,北京:人民文学出版社,2005年。

② 鲁迅:《摩罗诗力说》,《鲁迅全集》第1卷,第102页,北京:人民文学出版社,2005年。

“古民之心声手泽”,同时也体现了他对现时代语境下“被摧残,被抹杀”的“中国的脊梁”的确信,对于正在为民族解放而胼手胝足、浴血奋战的中国共产党人及其领导下的民众的体认。

当年鲁迅在东京并未写完《破恶声论》,因此没有将这篇未完稿收入《坟》。不过,这篇文章完成的部分已经能够大致达旨,在鲁迅的文化批判思想中具有相当的重要性。《破恶声论》中,鲁迅对晚清维新之士的放言高谈颇不以为然,认为这并非出自“心声”与“内曜”,不过是随着时势变迁而转变“活身之术”:“其居内而沐新思潮者,亦胥争提国人之耳,厉声而呼,示以生存二十世纪之国民,当作何状……若如是,则今之中国,其正一扰攘世哉! 世之言何言,人之事何事乎。心声也,内曜也,不可见也。时势既迁,活身之术随变,人虑冻馁,则竞趋于异途,掣维新之衣,用蔽其自私之体……”《破恶声论》所批判之“恶声”第一个就是“破迷信”,最后一个则是“尚齐一”。鲁迅提出,中国“普崇万物”的“文化本根”犹如宗教信仰,“本向上之民所自建”,如果“斥宗教崇拜为迷”,恰恰往往失去“正信”,而正是那些追逐功利的“浇季士夫”本身毫无确信,反而以他人有信仰为大怪。因此,“伪士当去,迷信可存,今日之急也”。[1] “提国人

① 鲁迅:《破恶声论》,《鲁迅全集》第8卷,第27、30页,北京:人民文学出版社,2005年。

之耳”“鼓舞之以报章”“掣维新之衣”的“沐新思潮者”,自然很容易让人联想到晚清维新领袖人物梁启超。而这个“现代人物”又悄然潜入1935年创作的小说《采薇》中,隐在随势而动、见机而为的小丙君的阴影中,发出对坚守之士伯夷叔齐的批评。

3. “油滑”与“速写”

《故事新编·序言》主要交代收录小说的写作过程和文体问题,上文主要就构思与写作过程试图追踪这本集子创作的多重现实起源,并且回溯到鲁迅早年系列古文论文关注的文明批判与知识阶级批判问题。这里再简单谈谈鲁迅关于文体的自述,特别引起研究者注意的是“油滑”的说法,短短序言中提到了三次。其实,文中还两次用一个词来形容此类小说的文体特征,即“速写”。这里,鲁迅讲到“速写”和“油滑”是针对“创作”而言,“油滑是创作的大敌”,“速写居多,不足称为‘文学概论’之所谓小说”云云,正是将“油滑的速写”与“创作”作了一些区分。关于“油滑”,学界论述已经很多,这里不妨从“速写”的角度来谈谈《故事新编》的创作方法,同时从这一角度理解为何鲁迅一再强调“油滑”。

《答北斗杂志社问——创作要怎样才会好?》作于1931年12月,鲁迅在文中将“小说”与“sketch”作了这样的区分:“宁可将可作小说的材料缩成Sketch,决不将Sketch材料拉成小说。”[1]这里的 Sketch，非常接近《故事新编·序言》中的“速写”。实际上，胡风在 1935 年初写的《关于速写及其他》一文中就用“sketch”来定义速写：“这不是经过综合或想象作用的文艺作品，而是一种文艺性的记事（sketch），但它的特征是能够把变动的日常事故更迅速地更直接地反映，批判。”胡风更将“速写”与“杂文”相提并论，强调其批判性：“而‘速写’，就是这种杂文的姊妹。剧激变化的社会生活使作家除了创作以外还不能不随时用素描或速写来批判地记录各个角落里发生的社会现象，把具体的实在的样相（认识）传达给读者。”胡风强调速写和杂文的共性，一是迅速直接，二是批判性，并且进一步概括“速写”和其他文学活动不同的特征：

> 一、它不写虚构的故事和综合的典型。它的主人公是现实的人物，它的事件是实在的事件。
>
> 二、它的主人公不是古寺，不是山水，不是花和月，而是社会现象的中心的人。
>
> 三、不描写世间的细节而攫取能够表现本质的要点。[2]

---

① 鲁迅：《答北斗杂志社问——创作要怎样才会好？》，《鲁迅全集》4 卷，第 373 页，北京：人民文学出版社，2005 年。

② 胡风：《关于速写及其他》，1935 年 2 月 1 日《文学》第 4 卷第 2 号。

胡风总结的“速写”之特征,对照《故事新编》来看,几乎像是在印证鲁迅“速写居多”的自我判断了,不过那时候《理水》《采薇》《出关》《起死》这四篇更符合此“标准”的小说还未写出来。如果不必就这一点追寻两位作家互相影响、互有沟通之史实的话,那么最好的解释就是,在这一文学观念上,他们彼此相通。

返回来再看《答北斗杂志社问》,鲁迅就如何创作的问题,结合“自己所经验的琐事”列了八条心得,这里引述其中前四条:

> 一、留心各样的事情,多看看,不看到一点就写。
>
> 二、写不出的时候不硬写。
>
> 三、模特儿不用一个一定的人,看得多了,凑合起来的。
>
> 四、写完后至少看两遍,竭力将可有可无的字,句,段删去,毫不可惜。宁可将可作小说的材料缩成Sketch,决不将Sketch材料拉成小说。①

第一、二、四点和胡风关于速写的概括颇可对应,此问题暂时不作展开。这里的一、二两点在《我怎么做起小说来》

① 鲁迅:《答北斗杂志社问——创作要怎样才会好?》,《鲁迅全集》第4卷,第373页,北京:人民文学出版社,2005年。

《故事新编·序言》当中也都提起过。《我怎么做起小说来》也有对应上述第四点关于创作要简练的自述，只是更为隐晦一些，往往被读者忽略过去："我力避行文的唠叨，只要觉得够将意思传给别人了，就宁可什么陪衬拖带也没有。"

除了强调做小说要迅速直接传递思想，《我怎么做起小说来》也说明自己看重创作的批判立场："说到'为什么'做小说吧，我仍抱着十多年前的'启蒙主义'，以为必须是'为人生'，而且要改良这人生……所以我的取材，多采自病态社会的不幸的人们中，意思是在揭出病苦，引起疗救的注意。"这与胡风指出的"速写"的精神颇有一致之处，小说的创作形式自然也由此有所体现。但是，对于这种创作倾向，鲁迅似乎不满意于将其仅仅视为文体问题："这一节，许多批评家之中，只有一个人看出来了，但他称我为 stylist。"①这里的表述与之前"宁可将可作小说的材料缩成 Sketch，决不将 Sketch 材料拉成小说"的说法有相通之处，更有些微妙的调整。对"stylist"之称谓的不以为然，透露出看重"意思"而不重"形式"的某些意味；那么从《答北斗杂志社问》到《故事新编·序言》，又坚持区分"sketch 和小说""速写和创作"，无疑同时包含着两种含义，既尊重"小说"作为"创作"的文学形式规定，又不看轻 sketch，甚至偏爱 sketch 传递思想的简练迅捷。胡风称赞速写有"创作

---

① 鲁迅：《我怎么做起小说来》，《鲁迅全集》第 4 卷，第 526、527 页，北京：人民文学出版社，2005 年。

所不能够完成的任务”,也是为此吧。

关于“模特儿不用一个一定的人”,《我怎么做起小说来》一文说明得更清楚:“人物的模特也一样,没有专用过一个人,往往嘴在浙江,脸在北京,衣服在山西,是一个拼凑起来的脚色。”研究者往往基于此来阐释《呐喊》《彷徨》在塑造人物上的方法,其实这些1930年代关于创作的自述用在《故事新编》上似乎更合适。如上文所述,《故事新编》的很多命意在东京时期的古文论文就已呈现,而不同阶段的多重现实刺激又给了鲁迅新的激发,所谓“拼凑”,在《故事新编》中往往体现为多重历史题材和多重现实题材的叠映与交互,当然就有了不专用一个模特甚至融入多个“现代人”来描写“古人”的写法。

在《我怎么做起小说来》中,鲁迅举了《不周山》的例子,其写作过程被打断,从而临时插入了古衣冠的小丈夫这个来自现实的“小人物”,将“结构的宏大毁坏了”。这个例子在《故事新编·序言》中再次出现,鲁迅称之为“油滑”。一再强调“油滑”,有研究者觉得鲁迅无疑是说反话,恰恰诱导读者注意“油滑”的写法。不过,鲁迅对《补天》(《不周山》)写作经过的描述又出诸真诚,因此,可以理解鲁迅这种对待“油滑”的态度就像对待“速写”文体一样,既包含着自谦又包含着自信。这种态度一方面体现出鲁迅对“创作”的认知存在某种矛盾心态,同时也见得他从《补天》的“油滑”出发渐渐走出一条可行之路,后来的“油滑”之笔可以不必破坏“结构的宏大”,反而能够实现“没有将古人写得更死”的灵活与轻快。那些在古文论文中正襟危坐、苦口婆心道出的义理，到了《故事新编》中反而以生动具象、妙趣横生的方式轻盈地点出来，并且得到了丰富、深化与发展。

《我怎么做起小说来》写于 1933 年 3 月 5 日，就在 4 天之前，《现代》杂志刊登了一篇勃克夫人的《东方，西方与小说》。勃克夫人就是刚刚获得诺贝尔文学奖的赛珍珠，这篇文章是 1932 年她在上海美国妇女协会上作的演讲，内容为中英小说的比较。作为一个在中国长期生活的外国人，赛珍珠确实能够从别一视角观察到国人习焉不察的中国旧小说的独到之处，由此对新小说有所不满：

> 他们已丢掉了旧的，却又被新的束缚着。读现在的新小说就觉得缺少一种旧小说中所常用而一般中国人日常生活所固有的幽默的感想，倒是被从西洋某种学派或则特别是从俄罗斯作家学来的不健康的自我解剖压迫着；中国旧小说中所固有的那种对于人性或是生命本身所发生的趣味，反而感觉不到！另外有一种忧郁的内省，至少对于我，他是比不上旧小说的。①

当联系鲁迅《故事新编》来重读上述判断时，是否能从

① ［美］勃克夫人（赛珍珠）：《东方，西方与小说》，小延译，1933 年 3 月 1 日《现代》第 2 卷第 5 期。

“油滑”的“速写”体中体认出其他新小说所缺乏的“一般中国人日常生活所固有的幽默的感想”,“中国旧小说中所固有的那种对于人性或是生命本身所发生的趣味”？这样,“油滑”也好,“速写”也好,是否也就不仅仅是为了迅捷达成文化批判、知识阶级批判这些“创作所不能够完成的任务”,同时也形成了一种新的写作形式?

然则,本书也并不致力于探讨“油滑”和“速写”所关涉的 stylist 问题,只是将这种寓厚重于轻盈的写作方式通过鲁迅的自述略加勾勒。既然鲁迅说自己创作小说还是基于“为人生”“而且要改良这人生”的目的,那么,追寻他在《故事新编》中寄寓的思考自然是首要的。至于如何追踪蹑迹,恐怕还是用那种“博考文献,言必有据”的笨拙方法,去尽量还原他如何在创作历程中刨开“坏种祖坟”和保持“对今人的诚敬”吧。无疑,这种“言必有据”的方法多少也让本书成了“很难组织之作”,这里只希望以上对鲁迅创作自述的咬文嚼字、上下追踪,能够对下面的研读文字有所说明。

行文涉及《起死》和《采薇》两篇小说的内容占了六七成,而“起死”又有“起死人而肉白骨”的“人之再造”之意,“采薇”联系着包括鲁迅在内的中国知识阶级的内在思想矛盾批判,因此就以“起死与采薇”为题。把关于这些“从古代与现代都采取题材”之作的考释文字收录在此,疏漏在所难免,惟默念《中国小说史略・题记》所言,“校讫黯然,诚望杰构于来哲也”。

一、《故事新编》中的“新神话”

1. 神话与“人之历史”

《故事新编》中《补天》《奔月》《铸剑》三篇重写古代神话传说，另外，《理水》有化用禹化黄熊传说的片段，《采薇》有从《山海经》凶兽得名的小穷奇，《起死》有来自原始宗教的司命大神与群鬼，可以说，神话与传说的重写贯穿在小说集的创作中。

鲁迅之钟爱神话可以上溯到日思夜想要得到一本《山海经》的儿时，而在早年的古文论文《破恶声论》中，他已经极力推崇中国古代“普崇万物为文化本根”的神话，视其为“欲离是有限相对之现世，以趣无限绝对之至上者也”。后来，在《中国小说史略》中鲁迅这样界定神话：

> 昔者初民,见天地万物,变异不常,其诸现象,又出于人力所能以上,则自造众说以解释之:凡所解释,今谓之神话。神话大抵以一“神格”为中枢,又推演为叙说,而于所叙说之神,之事,又从而信仰敬畏之,于是歌颂其威灵,致美于坛庙,久而愈进,文物遂繁。故神话不特为宗教之萌芽,美术所由起,且实为文章之渊源。①

可以看到,“神格”是鲁迅定义神话时的核心要义。相对于现代神话学往往用单一的理性视角去解释神话,“神格”的视角尊重神话在原初语境中所具有的价值、立场。《补天》中女娲抟土造人、炼石补天的宏大、瑰丽与壮美,《铸剑》中眉间尺以头相许的决绝、黑色人和金鼎沸水中孩子头颅高唱歌曲的神异、最后三头相噬的激烈与惊骇,鲁迅在重写神话时所突出表现的,正是神话的“神格”,神话所包蕴的那种超越了世俗、日常逻辑的“神性”元素,那“文化本根”中特别有生命力、特别有光焰的质素。

不过,鲁迅同样注意到,与成体系的希腊罗马神话不同,中国缺乏完整的神话体系。他引述了两种观点对此加以解释:一是“华土之民,先居黄河流域,颇乏天惠,其生也勤,故重实际而黜玄想,不更能集古传以成大文”;二是“孔子出,以修身齐家治国平天下等实用为教,不欲言鬼神,太古荒唐之

① 鲁迅:《中国小说史略》,《鲁迅全集》第9卷,第19页。

说，俱为儒者所不道，故其后不特无所光大，而又有散亡”。这是从日本学者盐谷温的《中国文学概论讲话》中引述的。接着，鲁迅又提出另一个原因，而且认为是更重要的原因：“然详案之，其故殆尤在神鬼之不别。天神地祇人鬼，古者虽若有辨，而人鬼亦得为神祇。人神淆杂，则原始信仰无由蜕尽；原始信仰则类于传说之言日出而不已，而旧有者于是僵死，新出者亦更无光焰也。”①鲁迅认为，讫止到现代，中国“尚有新神话发生”：“中国人至今未脱原始思想，的确尚有新神话发生，譬如‘日’之神话，《山海经》中有之，但吾乡（绍兴）皆谓太阳之生日为三月十九日，此非小说，非童话，实亦神话，因众皆信之也，而起源则必甚迟。故自唐以迄现在之神话，恐亦尚可结集……”②这个观点和《中国小说史略》第二篇《神话与传说》中“随时可生新神”的论述是一致的。

以这种观点来重读《故事新编》，不难发现，小说集中涉及的神话人物也可以分为来自神话的具有“神格”的“旧有者”和来自传说的偏向“人性”的“新出者”两类。前一类包括《补天》中的女娲、《奔月》中尧时的英雄羿、《起死》中的司命，后一类包括《补天》《奔月》中的道士、《奔月》中处于世俗世界的羿、《铸剑》中的黑色人与眉间尺、《理水》中的大禹等。在小说中，鲁迅用两种不同笔墨来描绘这两类神话人

---

① 鲁迅：《中国小说史略》，《鲁迅全集》第9卷，第24页。
② 鲁迅：《250315致梁绳祎》，《鲁迅全集》第11卷，第464页。

物,描写“神格”之神呈现灿烂、瑰奇的风格,讲述“新出者”故事则更多掺杂“油滑”和审视的语调。

《补天》重写女娲造人、补天的人类起源神话,但是小说中却花了很多笔墨来描写共工与颛顼之战,还用了很多诘屈聱牙的仿《尚书》体人物对话。最重要的是,小说写女娲在补天后继续用芦灰填地上的洪水之时,终于累倒而死。这是不见于神话记载的改写。《补天》中,女娲死于补天、治洪水的疲累。造成天崩地塌的起因,则是颛顼与共工的争战。共工与颛顼争帝、怒撞不周山,见于《淮南子·天文训》:“昔者共工与颛顼争为帝,怒而触不周之山,天柱折,地维绝。天倾西北,故日月星辰移焉;地不满东南,故水潦尘埃归焉。”而翻遍典籍,并无女娲死亡的记载,只《山海经·大荒西经》中有“女娲之肠”的说法,可能会令人联想起女娲是不是死了。

为何《补天》要增写女娲之死这一并不见于典籍记载的事件?也许《山海经·大荒西经》关于“重黎分管天地”的记载可以提供一个线索,这里涉及颛顼:“大荒之中,有山名曰日月山,天枢也。吴姖天门,日月所入。有神,人面无臂,两足反属于头山,名曰嘘。颛顼生老童,老童生重及黎,帝令重献上天,令黎邛下地。”[1]《山海经》中非常简略的记载,在《尚

① 袁珂:《山海经校注》(增补修订本),第460页,成都:巴蜀书社,1993年。

书·周书·吕刑》中有更详细的记录:

> 若古有训,蚩尤惟始作乱,延及于平民,罔不寇贼,鸱义,奸宄,夺攘,矫虔。苗民弗用灵,制以刑,惟作五虐之刑曰法。杀戮无辜,爰始淫为劓、刵、椓、黥。越兹丽刑并制,罔差有辞。民兴胥渐,泯泯棼棼,罔中于信,以覆诅盟。虐威庶戮,方告无辜于上。上帝监民,罔有馨香德,刑发闻为腥。皇帝哀矜庶戮之不辜,报虐以威。遏绝苗民,无世在下。乃命重、黎,绝地天通,罔有降格。①

以上记载大意是说,蚩尤作乱以后,民风也跟着变坏了,“苗民弗用灵”,就用刑罚来制服,结果杀害了很多无辜的人。后来,风气越来越坏,民怨沸腾。那些受了虐刑的人、被侮辱的人,都向上天申告自己无罪。上天考察下民,没有芬芳的德政,刑法发散的只有腥气。于是皇帝哀怜那些无辜受戮的人,用威罚处置那些滥用虐刑的人,消灭那些行虐的苗民,同时还命令重、黎,禁止神与民的升降往来。

由此可见,解释《补天》中重写女娲神话时这一很特别的改动,就要联系到一个与中国神话史、中国思想观念史都关涉极大的问题——“绝地天通”。关于“绝地天通”,历来

---

① 《十三经注疏》之孔安国传、孔颖达正义《尚书正义》,第535—539页,北京:北京大学出版社,1999年。

学者从不同角度有很多讨论。徐旭生《中国古史的传说时代》从神话学和宗教史的角度解释说,在帝颛顼之前,昆仑等高山是神巫与“群帝”(上天)交接的通路。神巫可以随便传达“群帝”的意思,变更社会的秩序。炎黄以前,氏族范围很小,社会秩序问题不突出。当炎黄与蚩尤大动干戈以后,氏族扩大为部落,再扩大为部落联盟,社会秩序渐渐重要起来。如果大大小小的神巫继续各自传递来自上天的消息,群言淆杂,就会对社会自身造成严重威胁。帝颛顼出来,快刀斩乱麻,他的解决方式是只让“重”传达神的命令,此外无论何巫都不可升天,与神交接,妄传神的命令,又让“黎”专门管理地上的群巫,让他们好好给万民治病、祈福。徐旭生认为,所谓“绝地天通”的具体办法,就是把昆仑等通天的高山都封起来,使群巫不能往来。①

清代郝懿行《山海经笺疏》中这样解释:“古者,神人杂扰无别,颛顼乃命南正重司天以属神,命火正黎司地以属民,重实上天,黎实下地。”②袁珂则将“帝令重献上天,令黎邛下地”解释为:“颛顼为了要断绝天和地的通路,便命令重两手托着天,把天尽力往上举;又命令黎两手撑着地,把地竭力朝下按——这样天和地就分得远远的了。”③在这一点上,赵霈

① 徐旭生:《中国古史的传说时代》(增订本),第83页,北京:科学出版社,1960年。

② [清]郝懿行:《山海经笺疏》,成都:巴蜀书社,1985年。

③ 袁珂:《山海经全译》,第8页,贵阳:贵州人民出版社,1991年。

林和袁珂意见一致，认为“绝地天通”是“由天地不分、人神杂糅变为天地分开、人神不杂的神话解释”，他更指出，《国语·楚语》曾记载了观射父和楚昭王关于“绝地天通”的对话：“它用朴素简明的语言不自觉地模写了神话世界及其特点，模写了神话时代结束、人为宗教开始的重大的历史性转折。”①这是一种神话学的理解。

可以说，“绝地通天”就是隔绝人神交通，就是神话时代的沉落，这一事件往往是和颛顼联系在一起的。《补天》中神话时代的沉落是以女娲（神）的死亡、仙山的远去、人不再能够和神交通为标志的。女娲存在的神话时代，宇宙是无比瑰丽的，女娲死后，世界变得平庸、纷乱。而女娲之死、神话时代的沉落也直接和颛顼联系在一起，导致女娲累死的前因正是颛顼与共工争战之后所造成的天裂地陷。

《国语·楚语下》有观射父和楚昭王的一段对话。在这段对话中，“绝地天通”变成了两次，一次主人公是颛顼，一次主人公是尧：

> 昭王问于观射父，曰：“《周书》所谓重、黎实使天地不通者，何也？若无然，民将能登天乎？”对曰：“非此之

① 赵霈林：《先秦神话思想史论》，第218页，北京：学苑出版社，2002年。

谓也。古者民神不杂。民之精爽不携贰者,而又能齐肃衷正,其智能上下比义,其圣能光远宣朗,其明能光照之,其聪能听彻之,如是则明神将之,在男曰觋,在女曰巫。……

"及少皞之衰也,九黎乱德,民神杂糅,不可方物。夫人作享,家为巫史,无有要质。民匮于祀,而不知其福。烝享无度,民神同位。民渎齐盟,无有严威。神狎民则,不蠲其为。嘉生不降,无物以享。祸灾荐臻,莫尽其气。颛顼受之,乃命南正重司天以属神,命火正黎司地以属民,使复旧常,无相侵渎,是谓绝地天通。三苗复九黎之德,尧复育重、黎之后,不忘旧者,使复典之,以至于夏、商。故重、黎世叙天地,而别其分主者也。其在周,程伯休父其后也,当宣王时,失其官守,而为司马氏。宠神其祖,以取威于民,重实上天,黎实下地。遭世之乱,而莫之能御也。不然,夫天地成而不变,何比之有?"①

《国语》指出民神关系有几个阶段:起初,古者民神不杂;后来"九黎乱德,民神杂糅",于是颛顼"绝地天通";此后"三苗复九黎之德",尧"使复典之"。《尚书》中"绝地天通"

① 左丘明:《国语》,第129、130页,沈阳:辽宁教育出版社,1997年。

讲的是隔绝神人交通的事，此前下界无辜受难的老百姓还可以向“上”（即上天、“上帝”）诉告。不过，这里关于“皇帝”指的是谁有不同理解，有人认为“皇帝”就是“上帝”，指的是“上天”“天帝”，[1]也有人认为“皇帝”指的是帝尧，[2]而把“皇帝”理解为“颛顼”的也很普遍。[3] 这样来看，在颛顼和尧之间存在一段“人神淆杂”的时段。而《奔月》《理水》正是发生在“人神淆杂”时期的“人之历史”。

《理水》一开头就描写奇肱国的飞车在天上飞来飞去，为文化山上的学者运粮食。奇肱国的飞车，这是来自《山海经·海外西经》的典故。[4] 这首先就为禹治水故事设置了一个不无神异色彩的底色。其次，禹的太太无法进衙门去找丈夫的时候，大骂“仔细像你的老子，做到充军，还掉在池子里变大忘八”；禹与几个守旧的官员讨论治水方案时，也提到人们关于自己父亲鲧变了黄熊、变了三足鳖的传言；除了鲧的传言，后文还有百姓关于禹变黄熊、请天兵天将捉妖怪无支祁的传言。这些传言并非集中于一时一地，其实是鲁迅根据

---

① 赵岐持此观点，见郭仁成：《尚书今古文全璧》，第 310 页，长沙：岳麓书社，2006 年。

② 《十三经注疏》之孔安国传、孔颖达正义《尚书正义》，第 536 页。

③ ［清］孙星衍：《尚书古今文注疏》，第 523 页，北京：中华书局，1986 年。

④ 《山海经·海外西经》：“奇肱之国，在其北，其人一臂三目，有阴有阳，乘文马”，郭璞注释：“其人善为机巧，以取百禽，能做飞车，从风远行。”

古代典籍拼合而成的。有意思的是,这里“请天兵天将”正是淆乱秩序的行为,偏偏在老百姓那里有了这样的传言,体现了对大禹的敬畏,却难免引起帝王的警惕,视之为淆乱了“绝地天通”之后“人神不杂”的秩序。因为只有帝王以及帝王指定的负责与天沟通的人才能如此行事,其他人这样做不啻于明目张胆的僭越。《理水》中“要端风俗正人心”的“上头的命令”,显然是来自帝王。这样来看,在洪水泛滥、秩序有所松动的时期,关于禹能够变化、能够与上天沟通的传言流布开来的时候,舜也就不可能不警惕了。

类似的,如果用“绝地天通”的思路来看《奔月》故事,就能够理解小说写的是“人神隔绝”之后完全世俗化的社会,一切都凡俗、沉闷、无聊。羿回忆早年有那么丰富的猎物,射封豕长蛇不说,还有全体黄金光的西山文豹、野猪、兔、山鸡可猎,后来却潦倒到“一年到头只吃乌鸦肉的炸酱面”,连自报名号都无人知晓。羿为了向质问他的老太太说明自己的身份,提及早年射封豕长蛇正是“尧爷的时候”。按照《国语》中观射父的话,尧的时代确实有过三苗乱德造成的人神杂糅,需要“重育重、黎之后”,再次整顿秩序。而《奔月》所写的正是重新秩序化的社会环境,这已经不再有英雄施展其神力的空间,因此,早年射日的箭去射月亮时,月亮却毫无伤损。羿的高强本领只能体现在用“啮镞法”躲过逢蒙的暗害而已。

《奔月》中羿射日的故事出自《淮南子·本经训》:“尧之时,十日并出,焦禾稼,杀草木,而民无所食。……尧乃使羿,……上射十日。”关于羿这个人物,历来有很多争议,根据《楚辞》《淮南子》《山海经》的记载,王逸、郭璞等注释家认为有两个羿,名字相同,身份各异:一个是尧时的羿,一个是有穷后羿,前者除天下之害,后者淫于田猎。前者是“神性的羿”,后者是“人性的羿”。贾逵则认为羿是个共名,淫于田猎的羿乃是“商时诸侯有穷后”,“羿之先祖也,为先王射官。帝喾时有羿,尧时亦有羿;羿是善射者之号”。茅盾则把“人性的羿”与“神性的羿”联系起来,看作神话历史化的典型例证,他认为“人性的羿”就是历史化了的“神性的羿”,把《淮南子·本经训》中羿射十日的记载看作原始神话的“遗形”①。

《奔月》将“神性的羿”与“人性的羿”放在同一篇小说中,却作了巧妙的区分。在《淮南子》等典籍记录的神话故事中,“神性的羿”有着无往而不胜的“诛凿齿,杀九婴,缴大风,射十日,杀猰貐、修蛇、封豨”的英雄事迹,然而,《奔月》中这些神奇过往只在羿对嫦娥发牢骚时略作点染,小说中尧时“神性的羿”在新的世俗时代已经没落,小说的着眼点在“人之历史”中“人性的羿”。《奔月》主要由羿遭逢蒙暗算和嫦娥奔月两个情节组成,对羿的善射、狩猎以及遭弟子逢蒙暗箭的描写都十分平实,就是本来具有鲜明神异色彩的奔月

---

① 玄珠(茅盾):《中国神话研究 ABC》(下),第 91 页,上海:世界书局,1929 年。

情节也写得波澜不惊,小说反而花了非常多的笔墨来描绘羿与嫦娥的寻常居家生活,邻屋的炊烟,宅门外的垃圾堆,房间内铺着脱毛的旧豹皮的木榻,嫦娥对饮食的不满,如此等等。就是涉及"奔月"的描写,也是侧面烘托,只刻画羿遍寻嫦娥不见,发现仙丹也不见,而女辛事后回想"的确看见一个黑影向这边飞去的",由此羿推断嫦娥已经独自飞升。与这种写法相对照的是《铸剑》,为了将眉间尺与黑色人"升格"为复仇之神,小说才会将前文本的"楚王"虚化为"王",因为只有抹去"楚王"所代表的具体历史时间,才能使主人公具有"绝地天通"之前那种"神格",令人信仰敬畏。

2. "神格"与德国浪漫主义"新神话"

鲁迅以"神格"来重塑创世神女娲、复仇之神黑色人与眉间尺,背后正是"初民神话"以"神格"为中枢的神话观,带有反思启蒙主义的浪漫主义色彩。启蒙主义的时代相信理性,相信科学,在此基础上,神话就被视为虚构的、不真实的、非理性的。韦勒克、沃伦《文学理论》非常精辟地指出,启蒙之后,"神话"是怎样被维柯和浪漫主义者重新定义为一种不同于"历史的真理或者科学的真理"的"真理"。[①] 按照维柯的

① [美]韦勒克、沃伦:《文学理论》,刘象愚等译,第206页,北京:生活·读书·新知三联书店,1984年。

理论，神话起源于——在一个“逻各斯沉默不语”的时代的——幻想。不同于理性主义通过分析精神定义自身，神话的性质是综合的，它有能力开启一种世界视野，它带来了一种理性难以望其项背的维度，这对人类精神来说是本质性的。[①] 维柯的神话观中仍然保留了欧赫美尔主义的“神话历史化”成分，谢林则断然摒弃了有关神话的欧赫美尔说和比喻说。他坚持象征主义是神话赖以构成的律则，在象征中，一般与特殊浑然呈现于特殊之中。[②] 象征在形成时，将意义与其符号性的基质相连接。神话与象征具有同样的特征：为一个普遍的、体系化的世界释义提供范式或建议。可以说，“神话通过话语确立并认证了一个社会秩序，这种话语被纯粹简化至符号功能，它自身根本不可以确证他物，而是由社会主体们通过一个赋予意义的宣判附加给它这样的确证功能的”。[③] 所谓“社会主体通过一个赋予意义的宣判”给神话以确证功能，就是“信”。这和鲁迅以民众是否相信来判定神话是一致的（而不是以神话产生的时间是否久远来判断）。

鲁迅认为文学起源于神话，这与谢林和浪漫派的神话观一致。谢林这样定义神话：

---

① 转引自［德］弗兰克：《浪漫派的将来之神》，李双志译，第138页，上海：华东师范大学出版社，2011年。

② ［苏］叶·莫·梅列金斯基：《神话的诗学》，魏庆征译，第14页，北京：商务印书馆，1990年。

③ ［德］弗兰克：《浪漫派的将来之神》，李双志译，第126页，华东师范大学出版社，2011年。

> 所谓神话,无非是尤为壮伟的、其绝对面貌的宇宙,名副其实的自在宇宙,无非是神祇形象创造中那种生活与奇迹迭现的混沌两者之景象;这种景象本身即已构成诗歌,同时又是自我提供的诗歌质料和元素。它(神话)即是世界,可以说,又是土壤;惟有植根于此,艺术作品始可吐葩争艳、繁荣兴盛。①

马克思与黑格尔的神话和英雄史诗阶段已一去不复返的见解为人们所熟知,但是谢林和浪漫主义者认为可能存在永恒的神话创作契机。其实,在18世纪关于神话的讨论中,赫尔德已经开始追问是否可以在当代文本中使用古代神话,这种使用实现了哪一种功能,以及是否允许创造新神话。赫尔德重视神话,不是将其作为博物馆式的文化记忆或作为古董来拯救,他是希望从希腊人那里学会创造性。赫尔德《论神话学的新使用》提出的“新使用”,是“从新的时代及其风尚中为旧的神话学如此愉快地编造出一个新的特征,以至于新的得到了尊严,而旧的焕发了生机”。② 这样的表述不难令人想起《故事新编》序言中所谓“自己的对于古人,不及对于今人的诚敬”,“并没有将古人写得更死”。看似自谦的鲁

① 转引自[苏]叶·莫·梅列金斯基:《神话的诗学》,魏庆征译,第12、13页,北京:商务印书馆,1990年

② 转引自[德]弗兰克:《浪漫派的将来之神》,李双志译,第150页,上海:华东师范大学出版社,2011年。

迅的解说,实在是明确地解说自己重写的立意,也就是并不以拯救古董的方式来重复旧的故事,而是抱着为旧物生发"新特征"的目的来重写旧故事,只有这样才能使重写后的新作品获得尊严,同时使旧的故事焕发生机。

弗兰克认为,极有可能是谢林首先提出了"我们必须有一种新神话"的理念。① 这种对新神话的召唤,是服务于克服启蒙之后产生的分析理性的正当性危机的。浪漫主义者在召唤新神话,施莱格尔在《论神话》中区分了古老神话和新神话,古老的神话来自一个对自然世界的象征化视角,而"新神话……与之相反,必须是从精神最深的深处来铸造",也就是以主体自身的创造力来铸造。②

神话应该是社会的、无名氏的、集体的创作。那么,这种由现代主体创造的新神话,或者质而言之,现代作家所创造的神话故事具有神话的性质吗? 韦勒克对此问题回答得非常明确:"在现代,我们能够考定一个神话的创作者,或某些创作者;但假若神话的作者被遗忘了,为人们所不知,或者说作者是谁的问题对神话的存在并不重要,或者说,它已经被社会所接受,获

① 这个理念的文章出现在《德意志唯心主义最初的体系纲领》这篇短文中,有学者论证此文是谢林所作。[德]弗兰克:《浪漫派的将来之神》,李双志译,第 176、177 页,上海:华东师范大学出版社,2011 年。

② 转引自[德]弗兰克:《浪漫派的将来之神》,李双志译,第 245 页,上海:华东师范大学出版社,2011 年。

得了‘信仰者的认可’,那么,它就依然具有神话的性质。”①

德国浪漫派将神话看作理想的艺术,提出创作新神话的号召,在浪漫派文学和后浪漫主义时期,从荷尔德林、霍夫曼到瓦格纳的神话故事中,都体现着“新神话”的精神。浪漫派的新神话也成为20世纪小说中“神话主义”(或者叫现代主义、表现主义,比如卡夫卡、乔伊斯的作品)的先导。的确,20世纪初,神话研究的“复兴”在欧洲曾盛极一时。“这一过程的各主要环节已不是对神话的颂扬,而是将神话视为常驻永存的、在当今社会仍负有实际功能的本原,此其一;在神话范畴内将神话与仪典的关联同永恒周而复始说分离开来,此其二;使神话和仪典与思想和心理(以及艺术)最大限度地接近,甚至同一起来,此其三。”②

在写完《奔月》《铸剑》的1927年,鲁迅写了一篇不无晦涩的《怎么写》。文章中有一段很有意味的文字:

> 尼采爱看血写的书。但我想,血写的文章,怕未必有罢。文章总是墨写的,血写的倒不过是血迹。它比文章自然更惊心动魄,更直接分明,然而容易变色,容易消磨。这一点,就要任凭文学逞能,恰如冢中的白骨,古往

① [美]韦勒克、沃伦:《文学理论》,刘象愚等译,第207页,北京:生活·读书·新知三联书店,1984年。

② [苏]叶·莫·梅列金斯基:《神话的诗学》,魏庆征译,第25页,商务印书馆,1990年。

今来，总要以它的永久来傲视少女颊上的轻红似的。[1]

“冢中的白骨”指的是什么？是“血写的”，是“直接分明”的，是“永久”的，是真理，是历史的真实，是原初的神话。然而这“血写的”，恰恰又“容易变色”，或者说变成一种类似博物馆展品式的陈列物，仅仅被观看而与观看者隔绝、无关。那么，“少女颊上的轻红”呢？正是“文学的逞能”，是一代一代作家不断重新生发、重新讲述的故事，与每一个新的时代关联，体现着自己的时代精神，同时却又与“白骨”相关——哪个少女不会变成白骨，哪个少女的轻红脸颊之下没有那“永久的白骨”？因此，《故事新编》要写出“新神话”，就要既有“旧书上的根据”，又不免“有时信口开河”。此间重要的是，对今人要比对古人更加诚敬，也只有如此，古人才能不会“被写得更死”，才能从博物馆冷冰冰的展览台上挣脱出来，焕发新的生机。

3. 鲁迅与姉崎正治

“浪漫主义派的神话哲学，大多将神话解释为美学现象，并将神话视为艺术创作的原始型，赋予深刻的象征意义；以有关神话的象征说克服传统的比喻说，这正是浪漫主义派神

---

① 鲁迅：《怎么写》，《鲁迅全集》第4卷，第19页，北京：人民文学出版社，2005年。

话哲学的基调。此外,浪漫主义派神话哲学并孕育着对神话及其种种‘民族’形态的历史主义观点的胚芽。”①从《中国小说史略》的神话论到《故事新编》的神话重写,体现出与德国浪漫派“新神话”有着某种内在一致性的神话观,而这在《破恶声论》已经萌蘖。初步形成于日本留学时期的这种浪漫主义倾向的神话观,具有文明批判和民族主义的倾向,与日本宗教学家姉崎正治的观念颇为接近,而姉崎正治的学术观念和德国浪漫派颇有渊源,那么,探究鲁迅的神话观仍然需要进一步了解当时作为中介的日本思想学术。

女娲神话的前文本只有抟土造人与炼五彩石补天,非常有意思的是,《补天》还花了大量篇幅描绘争战双方与女娲之间的人神对话。这里,鲁迅让交战双方都操着一口仿《尚书》的诘屈聱牙的古文。战败的共工一方的“用铁片包起来的小东西”,这样向女娲哭诉:“呜呼,天将丧。颛顼不道,抗我后,我后躬行天讨,战于郊,天不祐德,我师反走,……我后爰以厥首触不周之山,折天柱,绝地维,我后亦殂落……”女娲听了这话非常诧异。而另一个“高兴而且骄傲的脸”,也是铁片包了全身,他显然属于得胜的颛顼一方,从自己的立场来描述这场战争:“人心不古,康回实有豕心,覻天位,我后躬行天讨,战于郊,天实祐德,我师攻战无敌,殛康回于不周

① [苏]叶·莫·梅列金斯基:《神话的诗学》,魏庆征译,第12页,北京:商务印书馆,1990年。

之山。”女娲同样不理解这样的话，当听到这个小东西重复“人心不古”时，她气得“从两颊立刻红到耳根”。女娲又去问那没有参战却带着伤痕的“不包铁片的小东西”，得到的回应却是自己问话的回声——他显然对发生的一切毫无认识。于是，女娲“倒抽了一口冷气”，接着发现天上的大裂纹，又看看四面的洪水，决定“修补起来再说”。而当她补天完成时，终于也躺倒，不再呼吸了。从小说叙述来看，女娲之死的意象很复杂，甚至不无“心死”的意味。

《补天》后半段还花了不少笔墨描绘“古衣冠的小丈夫”。“裸裎淫佚，失德蔑礼败度，禽兽行。国有常刑，惟禁！”“小丈夫”这段“劝诫”模拟的是《尚书》体，显然代表着“礼”与“别”的等级社会秩序。既然《补天》上文提到，颛顼与共工争战得胜，颛顼重“别”、重“礼”，甚至有人因此以法度要求女娲，这里体现的观念和《国语》中颛顼命令“绝地天通”具有着内在的一致性。在重写自然神话时增加人文神话传说成分，鲁迅这种重写“轻自然神话，重人文神话”的倾向在《奔月》中有更突出的体现。

关于羿的神话，主要有射日、除猛兽、为逢蒙所害、其妻嫦娥盗食不死之药奔月这四方面内容，小说《奔月》都有涉及。射日、除猛兽，显然是自然神话，[1]逢蒙射羿则是人文神

---

① 丁山认为，羿是霓之音转，后羿射日，“演自朝隮其雨神话”。丁山：《古代神话与民族》，第242页，北京：商务印书馆，2013年。

话传说。嫦娥奔月,关涉到月亮,看起来像是属于自然神话的日月神话,但实际上要点不在“月”而在于“不死之药”,因此也是人文神话。《奔月》弱化了羿的故事中的自然神话色彩,而注重对作为人文神话的羿之故事加以重写。《奔月》花了不少笔墨写逄蒙射羿,其前文本出自《孟子·离娄》:“逄蒙学射于羿,尽羿之道;思天下惟羿为愈己,于是杀羿。”羿回箭射落逄蒙的九支箭,又用“啮镞法”接住最后一支暗箭,前文本来自《列子》。[①] 上述典籍分别有逄蒙学射于羿而杀羿、飞卫学射于甘蝇而欲杀甘蝇、纪昌学射于飞卫而欲杀飞卫的记述。这些非常相似的学射弟子杀老师是典型的人文神话。茅盾觉得羿很像希腊神话中的赫拉克利斯,古添洪则进一步从比较神话学的角度来对比赫拉克利斯与后羿,指出逄蒙射羿代表着“新旧两代的致命冲突”:“在圣王祭礼的观点上,我们不妨认为逄蒙之杀后羿,是圣王的继起者把前任圣王杀死。……后羿之死不仅是圣王为其继任人所杀的呈现,也同时是新生一代战胜老一代的呈现。”[②]《奔月》中逄蒙暗算羿的情节往往被研究者解释为对鲁迅与高长虹关系的影射。如果说鲁迅确有讽刺高长虹之意,联系人类学中“新旧代际之争”的解释和孟子“取友”的譬喻,对于小说可

---

① 转引自《鲁迅全集》第2卷,第383、384页注释10、11,北京:人民文学出版社,2005年。

② 古添洪:《希拉克力斯和后羿的比较研究》,《从比较神话到文学》,第267页,台北:东大图书公司,1983年。

能的现实讽喻——对高长虹的影射，倒也不仅仅是个人意气的问题，也有着自我解释的成分——这类人事纷争自有其理路。

日本学者中岛长文指出，鲁迅受到姉崎正治的宗教理论和神话观念的影响，尤其是受到《比较宗教学》的影响。① 以上这些重写时体现出来的特别之处，可以在与姉崎正治学术观念的对比中得以解释。

姉崎正治，笔名姉崎嘲风，是明治三十年代日本知识界、学术界浪漫主义思潮的领军人物之一，被视为日本宗教学之父。《故事新编》体现出鲁迅重人文神话的神话观，姉崎正治正是如此。1899 年，姉崎正治与神话学家高木敏雄曾经就日本神话学研究方式有过一场著名的论争。3 月，高山林次郎（高山樗牛）在《中央公论》上发表了论文《古事记神代卷的神话及历史》，利用比较神话学的观念把传统的历史神话解释为自然神话，将天照大神与素盏鸣尊之间的不和解释为太阳和暴风雨之争，进而指出素盏鸣尊神话与太平洋中波利尼西亚神话之间的相似。姉崎正治对此持不同意见，在《帝国文学》8 月号上连载《素盏鸣尊的神话传说》，批评高山论文中的自然神话论观点，提出素盏鸣尊神话不能被看作是

---

① 关于姉崎正治对鲁迅的影响，见 Nakajima Osafumi（中岛长文），《ふくろうの声》（猫头鹰之声），转引自 Viren Murthy（慕维仁），*The Political Philosophy of Zhang Taiyan*：*The Resistance of Consiousness*（《章太炎的政治哲学：意识之反抗》），p234，*Brill*，2011。

自然神话,更多地还应视为人文神话。可以看出,姉崎神话学观念的关注点并不在神话的起源问题,而侧重神话作为人类历史、社会的精神产物,以及神话进而如何形塑人类社会。姉崎正治的神话观,开启了日本大正时期津田左右吉、和辻哲郎关于"神代史"的新的研究方式。姉崎正治把神话当作一种解释,这种解释使"日本人"似乎可以成为超越阶层和时代的单一实体。①

张钊贻曾指出,鲁迅接受尼采思想与高山樗牛、姉崎正治的介绍有着密切关系。鲁迅《文化偏至论》包含的对"现代性"强烈"反政治"的批判,与姉崎正治意见一致。张钊贻认为,姉崎正治批评日本盲目学习西方,强调日本自身应有一个牢固的"诚""信"的精神基础,这是对高山樗牛"日本主义"的某种回响,也更接近鲁迅所谓的"新神思宗"的观念。②可以看到,当高山樗牛用神话学的方式重新解释日本神代史,姉崎正治则基于"神话是人类历史、社会的精神产物"的立场,坚持人文神话的立场,不同意自然神话之说,背后仍然是为了寻求、建立超越阶层和时代的作为文化实体的"日本人"。高山樗牛和姉崎正治虽然在某些观念上不尽相同,但

---

① Isomae Jun'ichi(矶前顺一), *Religious Discourse in Modern Japan: Religion, State, and Shinto*, translated by Galen Amstutz and Lynne E. Riggs, p159, 160, Brill Academic Pub, 2014.

② [澳]张钊贻:《鲁迅:中国"温和"的尼采》,第164页,北京:北京大学出版社,2011年。

作为同学兼好友的两个学者，其实在浪漫主义、日本主义和个人主义的内在思想波动上，他们的思想理路又是极为相似的。

《补天》《奔月》《铸剑》重写神话，其内在理路与神话深刻诚挚地体现着日本人精神、神话为文化与社会的反映等等这些姉崎正治的神话观念是一致的，《故事新编》重写神话也有着重探、重塑“中国人精神”的意味。在这个意义上，鲁迅的神话观倒是与撰写了中国神话学第一篇论文《神话历史养成之人物》的蒋观云颇为相近。蒋观云开篇即说：“一国之神话与一国之历史，皆于人心上有莫大之影响。”结尾他则落脚在：“故欲改进一国之人心者，必先改进其能教导一国人心之书始。”①

鲁迅重写女娲造人、补天神话时营造的瑰丽、阔大境界，描绘眉间尺、黑色人决绝复仇的深沉、激昂情绪，体现了他重写神话时对“神格”的理解，正是蒋观云希望神话具有的“崇大高秀、庄严灵异”。正如姉崎正治所说，“假如不从人心的深处探讨那文明的根底的话，就无法理解这种文明的真髓”，鲁迅显然意在经由神话之重写，把捉中华“文明的真髓”，以发扬之，再塑“一国之人心”。鲁迅这种探寻“文化本根”、重塑“新神话”的思路，和蒋观云“一国之神话于人心上有莫大

---

① 蒋观云：《神话历史养成之人物》，马昌仪编：《中国神话学文论选粹》(上)，第18、19页，北京：中国广播电视出版社，1994年。

影响”的观点一致,与姊崎正治认为“神话是文化和社会的反映,深刻地影响着我们民众”的观点一致。1903 年,身在日本的蒋观云发表《神话历史养成之人物》,其神话观有着浓厚的日本背景。蒋氏文章提及神话如何鼓荡人心,以保尔·亨利·马来(Paul Henri Mallet)的书影响了近世欧洲来举例,也能间接看出日本学术思想取法欧洲的路径。如前所述,高山樗牛、姊崎正治等人从德国的尼采那里获得反思现代性的思想资源,同样地,姊崎正治对宗教的浪漫主义理解也有其德国哲学背景,主要受到他在东京帝国大学的哲学老师科培尔(Raphael von Koeber)的影响。从 1885 年左右开始,日本就积极引进德国哲学,科培尔是俄裔德国哲学家,他在内省的、充满怀疑的日本明治后期教授德国哲学,促发大正时代日本知识分子形成脱胎于德国思想的“教养(Bi lung)主义”、非政治性的“文化”观念,宗教式的浪漫主义也是这种“文化”观念的题中之义。①

《补天》中,有一个在山上求仙、不慎掉下山来的老道士,他将仙山的故事传给了徒子徒孙;《奔月》中,嫦娥偷吃的仙丹是道士送给羿的;甚至《起死》中还有一位道士打扮、用道教咒语召唤司命大神的庄子。道士云云,是鲁迅增加和

① [日]三木清:《读书遍历》,刘铮编、吴菲译:《日本读书论》,第 94 页,上海:上海三联书店,2014 年。

改写的，将“道士”融入神话传说的重写显然有其独特的命义。

《补天》后半部分有不少对道士的描写。女娲造人之后睡着了，当她从天崩地塌的声音中醒来，首先看到的就是那些自己先前做的、现在已经变得怪模怪样的“小东西”，他们身上已经包起来，不再赤裸，而且有些“还在脸的下半截长着雪白的毛毛”，他们自称在山上学仙。他们见到女娲，马上求救命，求赐仙药。女娲还看到他们身边“吐得很狼藉，似乎是金玉的粉末”。“金玉的粉末”者，这个构思无疑来自后世道士为求长生不老而服食丹砂金玉的传统。女娲死后，人间也再无仙山的消息，但当年巨鳌驮走大山时曾有一个学仙者摔落下来，这个落在海岸的老道士临死把“仙山被巨鳌背到海上这一件要闻”传给了徒子徒孙，于是求仙不仅成为道家的核心要义，方士还进一步将求仙之梦带给了贪图长生不死的皇帝，只可惜寻了又寻，“总没有人看见半座神仙山”，因为“绝地天通”之后神话世界已经消失。

这样也可以理解《奔月》为何将神话传说中西王母送给羿的不死之药改写成了道士送的金丹，因为在《故事新编》的神话系统中，羿的时代已经不再能够和神往来交接，信仰传播神仙之事的只有道士而已。

关于从神话时代一脉相承的道士群体，关于来自道士的求仙观念和对待人神交接的态度，不禁让人联想起《中国小说史略》中论及神话时谈到的“人神淆杂”问题。鲁迅认为，

"中国神话之所以仅存零星者",主要在于"人神淆杂,则原始信仰无由蜕尽;原始信仰存则类于传说之言日出而不已,而旧有者于是僵死,新出者亦更无光焰也"。神话是初民对天地万物的解释,神话的"神格"体现为对"所叙说之神"是"信仰敬畏",是"歌颂其威灵,致美于坛庙"的。[①] 然而,从神话时代遗留下来的道士一脉,却只是羡慕神的不死,想挤入神仙的行列,通过"学仙"获得长生不死之身,这特别具有人神淆杂的特征,具有原始信仰的色彩,但却是缺乏足够的虔敬,对于神简直不无"利用"之心。这是鲁迅一直批判的。他在与《奔月》写于同一时期的杂文中这样说,"人往往憎和尚,憎尼姑,憎回教徒,憎耶教徒,而不憎道士。懂得此理者,懂得中国大半"。[②] 在这篇《小杂感》中,鲁迅没有指明"此理"究竟是什么,不过,联系他一向的观点,可以看出,这里和其他宗教信徒比起来,道士是最功利的,最无"坚信"的,他们学仙追求的是个人的长生不死,他们没有严格的戒律,一切都无可无不可。如果说神话时代的原始信仰是初民的本色,那么道士的信仰则是未曾蜕尽却已变异的原始信仰之遗存,与其说是原始信仰的遗存,不如说是观射父所谓"人神淆杂、人无忠信"之乱德时代遗留到"绝地天通"之后世界的"遗产"。

---

① 鲁迅:《中国小说史略》,《鲁迅全集》第9卷,第19、24页。

② 鲁迅:《小杂感》,《鲁迅全集》第3卷,第556页。

《故事新编》一再出现“道士”，其背后关涉的神话观、宗教观导向的正是国民性问题反思，鲁迅是将国民性问题和道教问题联系起来的。姉崎正治神话观、宗教观具有浪漫主义特质，在他那里，“宗教”不仅仅属于那些崇拜特定的神祇、佛陀的信仰者，更多地被视为“普遍的人类精神”，是人类的心理构造之一方面。宗教在 1890 年代后半期的日本成为一个众人瞩目的焦点，因为那被称为“苦闷时代”，而对于很多人来说宗教能够填补他们内在的空虚。[1] 在那个时代，一方面，天皇制国家的观念和社会规范愈加牢固，国力不断强大；另一方面，产业化社会的迅速发展带来了社会的病态，人们精神上的苦闷和怀疑也日渐增强。高山樗牛、姉崎正治这些知识分子，开始反思日本主义，由此关注尼采对 19 世纪文明的批判、尼采式的个人主义，具有强烈的浪漫主义倾向。1906 年 2 月，姉崎正治在高山樗牛曾经主编过的《太阳》杂志上发表《文明的新纪元》，文章写道：

> 要观察一国一世的文明，并指导其未来，当然需要考察他的实际的方面；同时，假如不从人心的深处探讨那文明的根底的话，就无法理解这种文明的真髓。……
>
> 概括地说，十九世纪文明的破绽即物质主义和现实

① Isomae Jun'ichi, *Religious Discourse in Modern Japan: Religion, State, and Shinto*, p161,162.

主义的破产,物质主义使人与人互相欺辱,使国与国、阶级与阶级互相争斗……思想界兴起的观念主义(如实证主义或新康德主义)、文艺界陶醉于浪漫主义的理想的甘美,都表明人心的动荡,即人们想追求一种高于(物质)现实的东西,二十世纪的文明正努力从已往的现实主义向理想主义转换,正在找寻前途和道路而烦闷、而战斗。①

鲁迅对尼采的接受和《文化偏至论》《破恶声论》的思想资源也与这些反思明治精神的日本知识分子有着直接的联系。其实,伊藤虎丸在《鲁迅与日本人》中早已提出了“鲁迅与明治三十年代文学的‘同时代性’”论题。② 鲁迅的神话观和文化观也是这样非常有意味地和这些内省的、充满怀疑的“明治三十年代人”交织在一起。

1895 年,姉崎正治在一篇题为《日本人性格的一个大缺陷》的文章中指出,日本人似乎缺乏反抗天命的意志,在文章结尾他提出一个问题:“什么样的宗教能最好地改造我们的人民,给他们勇气和韧性?”③这让人联想到鲁迅初到日本时

---

① 转引自潘世圣:《关于鲁迅的早期论文及改造国民性思想》,《鲁迅研究月刊》2002 年第 9 期。

② 参见[日]伊藤虎丸:《鲁迅与日本人:亚洲的近代与“个”的思想》,李冬木译,石家庄:河北教育出版社,2000 年。

③ Isomae Jun'ichi, *Religious Discourse in Modern Japan: Religion, State, and Shinto*, p150.

经常和许寿裳谈论的三个大问题——怎样才是最理想的人性？中国国民性中最缺乏的是什么？它的病根何在？这种思维方式正是高山樗牛、姉崎正治这些明治三十年代知识分子对日本国民性的反思方式。

鲁迅的神话观、宗教观中也渗透着类似姉崎正治这种反思国民性的思维模式，而他则将中国国民性问题与道教问题联系了起来，他认为中国人不虔信与道教“随时可生新神”的原始信仰、“求仙”等现世回报的功利心以及道家的无特操主张等等，有着密切关系。于是，道士、求仙、仙丹就进入了鲁迅对神话的重写文本之中。

二、《故事新编》与顾颉刚、胡适的潜在对话

1. 公仇非私怨

《理水》里描画了一个坚持认为禹是虫不是人的学者鸟头先生,《铸剑》里眉间尺“很有点不大喜欢红鼻子的人”,鲁迅小说中这些指向顾颉刚的讽刺之笔,以往学者在论述两者交恶过程时屡被提及。鲁迅说自己写文章,“虽大抵和个人斗争,但实为公仇,绝非私怨”,①那么,鲁迅对顾颉刚的一再讽刺,其公仇何在?

有研究者指出,鲁迅和顾颉刚禀性、志趣各异,交集并不多,同在厦大期间是交往最多的时期,两人的不睦,很大成分

---

① 鲁迅:《340522 致杨霁云》,《鲁迅全集》第 13 卷,第 113 页。

上起因于鲁迅觉得顾氏在厦大有"弄权"之嫌。[①]《铸剑》写于1927年,正是在厦大时期创作的,证之《两地书》中用"朱山根"来代指顾颉刚,"不大喜欢红鼻子的人"确实有对顾氏其人的不以为然。写于1935年的《理水》重新讽刺"鸟头先生",鸟头先生威胁不承认其"禹论"的乡下人说"要和你到皋陶大人那里去法律解决"一段,读者也能够很容易看出来是影射当年顾颉刚致信鲁迅要打官司的旧事。间隔数年,鲁迅反复在小说中影射一个自己不喜欢的人,如果仅仅涉及个人好恶,不免使某些读者产生"鲁迅执着个人私怨"的印象。然而,鲁迅当年不过略提一笔,数年之后反而大作文章,联系鲁迅作文"实为公仇,绝非私怨"一说,考究两人的治学路向,鲁迅和顾颉刚的不睦,其实"公敌"的成分居多,尤其《理水》对鸟头先生否认禹的"疑古"学说之讽刺,更是对"古史辨"学术方法的质疑。

以顾颉刚为代表的古史辨之疑古学术路向,以辨伪为主旨,带有全盘抹煞上古史的意味。顾氏认为,汉代或战国是大规模伪造古史的时期,尧舜禹等代表的古代黄金世界是后人"向壁虚构"出来的。顾氏自陈,"我对于古史的主要观点,不在它的真相而在它的变化"。[②] 他没有明说的潜台词

---

① 施晓燕《顾颉刚与鲁迅交恶始末》一文对这个问题有翔实的考辨。施文认为,顾氏极力向校方推荐自己认可的人,反对鲁迅等别的教授推荐的人来厦大,以及在学潮时支持校长等等,而在鲁迅面前却不流露自己的真实意图,这些都使鲁迅判定他是一个"两面三刀""弄权"的人。(施晓燕:《顾颉刚与鲁迅交恶始末》,《上海鲁迅研究》2012年第2、3期)

② 顾颉刚:《自序》,《古史辨》第1册,第273页,上海:上海古籍出版社,1982年。

就是,不相信能够探明古史的源头,甚至不相信古史有一个真正的源头。[①]《古史辨》中一个非常重要的内容——大禹和中国古史系谱的问题——就是在这个意义上被反复讨论的。鲁迅显然对这种思路持有异议。他非常重视神话,在《中国小说史略》中将神话视为小说之起源,认为“神话不特为宗教之萌芽,美术所由起,且实为文章之渊源”。[②] 他早年在《破恶声论》中就指出,“顾吾中国,则夙以普崇万物为文化本根”,神话正是其具体表现,因此,鲁迅激烈批评那种“借口科学,怀疑于中国古然之神龙”的人:

> 乃有借口科学,怀疑于中国古然之神龙者,按其由来,实在拾外人之余唾。彼徒除利力而外,无蕴于中,见中国式微,则虽一石一华,亦加轻薄,于是吹索抉剔,以动物学之定理,断神龙为必无。夫龙之为物,本吾古民神思所创造,例以动物学,则毁自白其愚矣,而华土同人,贩此又何为者?抑国民有是,非特无足愧恧已也,神思美富,益可自扬。[③]

① 古史辨后期的代表人物杨宽专注于神话研究,将顾颉刚“层累说”古史观中神话“有意作伪”,改换成神话的自然演变,提出“神话分化论”。王汎森对此分析道:“顾、杨两套解释系统的最深层结构是完全相似的:那就是顾颉刚不相信层累的古史有一个真的源头,杨宽也不相信神话分化的古史有一个真的历史源头在。”(王汎森:《古史辨运动的兴起》,第282页,台北:允晨文化公司,1987年)

② 鲁迅:《中国小说史略》,《鲁迅全集》第9卷,第19页。

③ 鲁迅:《破恶声论》,《鲁迅全集》第8卷,第32页。

《理水》中鸟头先生的言论,遵循的正是上述“以动物学断神龙为必无”的逻辑。“其实并没有所谓禹,‘禹’是一条虫……我看鲧也没有的,‘鲧’是一条鱼”,鸟头先生(及其形象所影射的顾颉刚)显然不理解作为古史人物的禹身上为何会附着神话元素,以及这些神话元素并非后人有意的“作伪”,恰恰是值得严肃看待的“吾古民神思所创造”。鲁迅对古史与神话夹杂的现象有自己的认知。他很重视神话,“夫神话之作,本于古民,睹天物之奇觚,则逞神思而施以人化,想出古奇,諔诡可观,虽信之失当,而嘲之则大惑也”。① 因此,《理水》描绘了百姓如何用神话传说的口吻谈论大禹,讲述“他怎样夜里化为黄熊,用嘴和爪子,一拱一拱的疏通了九河,以及怎样请了天兵天将,捉住兴风作浪的妖怪无支祁,镇在龟山的脚下”。对此顾颉刚质问:“若禹确是人而非神,则我们看了他的事业真不免要骇昏了。人的力量怎能够铺土陈山?”②这显然是一种“嘲之”的态度。顾颉刚首先否定了神话的“文化本根”的起源性意义,径直将此意义看作后人伪造,然后用神话元素否定了古史。中国文化的本根也就无从寻找,永久地搁置起来了。

顾颉刚不能理解和认同鲁迅的神话观,反而以他实证主义式的理性思维衡量鲁迅的“历史研究”,在对朋友的信中他直陈,鲁迅的“历史研究是我瞧不起的”③。晚近《顾颉刚

---

① 鲁迅:《破恶声论》,《鲁迅全集》第 8 卷,第 32 页。
② 顾颉刚:《讨论古史答刘胡二先生》,《古史辨》第 1 册,第 111 页。
③ 《顾颉刚书信集》第 1 卷,第 88 页,北京:中华书局,2011 年。

日记》的出版,引出更有意思的话题,原来曾让鲁迅一直耿耿于怀的陈源传播"《中国小说史略》抄袭盐谷温"的谣言,始作俑者可能正是顾颉刚。由此可见,顾颉刚所瞧不起的鲁迅之"历史研究",恰恰就是备受称誉的《中国小说史略》。已有研究者就盐谷温和鲁迅小说史研究的关系加以探究,①进而考量顾颉刚对鲁迅《中国小说史略》的保留意见,②可以看到,除去个人情感好恶,顾颉刚的态度主要源于他和鲁迅截然不同的学术观念。"尽管鲁迅在小说史料的稽考上颇为用力,这方面的成就也得到时人的大力揄扬,但《中国小说史略》并不以此见长,维系该书学术生命的不是对史料的占有,而是基于自家的学术眼光,对史料作出重新的发现。"③顾颉刚则从胡适那里间接受到杜威的实证主义的影响,又兼受晚清今古文经学家尤其是今文学家推翻古史的史料考辨影响④,形成一种以"疑古"贯穿始终的重实证的"解构"思路,

---

① 鲍国华《鲁迅〈中国小说史略〉与盐谷温〈中国文学概论讲话〉——对于"抄袭"说的学术史考辨》(《鲁迅研究月刊》2008 年第 4 期),张永禄、张谡《论盐谷温对鲁迅小说史影响的研究》(《中国现代文学研究丛刊》2015 年第 5 期),黄霖《盐谷温对中国小说史的研究》(《复旦学报》社会科学版,1999 年第 6 期),温庆新《中国小说起源于"神话与传说"辩正》(《南京大学学报》哲学 · 人文科学 · 社会科学版,2014 年第 5 期),赵京华《鲁迅与盐谷温——兼及国民文学时代的中国文学史编撰体制之创建》(《鲁迅研究月刊》2014 年第 2 期)。

② 顾颉刚《中国当代史学》中论及小说史研究,对胡适和郑振铎颇多溢美之词,而对鲁迅《中国小说史略》只肯定其"首尾完整",排除个人情感好恶,此中更多体现的是治学观念的极大差异。

③ 鲍国华:《鲁迅〈中国小说史略〉与盐谷温〈中国文学概论讲话〉——对于"抄袭"说的学术史考辨》,《鲁迅研究月刊》2008 年第 4 期。

④ 王汎森:《古史辨运动的兴起》,第 41—43 页,第 208 页。

因此和鲁迅的立场格格不入。

最有意思的是,《中国小说史略》跟盐谷温有直接关系的部分,也是鲁迅自己坦承参考盐谷温著作的部分,正是“神话与小说”一节。[①] 在此节中,鲁迅将神话视为“宗教之萌芽,美术所由起”,“文章之渊源”,他对神话的重视是一以贯之的。如上所述,早年《破恶声论》中就提出神话之于“文化本根”的起源性意义,神话与古史、神话与文学都存在相互交织的同源性。而顾颉刚则秉持一种现代学术分科的思路,将神话与古史、神话与文学、文学与古史都区隔开来,分别视之,且将神话、文学都置于一种较历史为低的次等“趣味”,他甚而至于将历史研究亦作为一种学术“趣味”,而不在于求“真”。就以顾颉刚代表性的孟姜女故事研究为例,他这样表述自己对这项研究的认知:

> 这半年中,常有人问我:“你考孟姜女的故事既是这等精细,那么,实在的孟姜女的事情是怎样的?”我只得老实回答道:“实在的孟姜女的事情,我是一无所知,但我也不想知道。这除了掘开真正的孟姜女的坟墓,而坟墓里恰巧有一部她的事迹的记载之外,是做不到的。就是做到,这件事也尽于她的一身,是最简单不过的,也没有什么趣味。现在我们所要研究的,乃是这件故事如何

① 鲁迅:《不是信》,《鲁迅全集》第3卷,第244页。

的变化。……我们要在全部的历史之中寻出这一件故事的变化的痕迹与原因。这是一件极困难的事情,但也是一件极有趣味的事情啊。”……

这半年中,又有人问我:“你做的这种研究到底有什么用处?”我对于这个问句只有一句话回答:“没有什么用处,只是我的高兴!”①

这篇文章顾颉刚作于1925年9月21日,并在北京大学《国学门周刊》上刊载,通篇将学术的出发点基于“趣味”和“高兴”,而将“变化的痕迹”作为研究重点,并不考量“实在的事情是怎样的”。可以对比同年3月15日鲁迅关于神话研究问题致梁绳祎的信,其中不仅有关于中国神话分期、分类法的基本思路,而且尤其重视“发生之大原”,对于搜集神话的方法有这样的具体建议:“天地开辟,万物由来(自其发生之大原,以至现状之细故,如乌鸦何故色黑,猴臀何以色红),苟有可稽,皆当搜集。每一神祇,又当考其(一)系统(二)名字(三)状貌性格(四)功业作为。”②

鲁迅既重视辨析“何以至现状的细故”,由此推究至“发生之大原”,顾颉刚重视“变化的痕迹和原因”,却搁置起源

---

① 顾颉刚:《孟姜女故事研究的第二次开头》,顾颉刚、钟敬文等《孟姜女故事论文集》,第53页,北京:中国民间文艺出版社,1983年。

② 鲁迅:《250315致梁绳祎》,《鲁迅全集》第11卷,第463、464页。

性的“实在的事情”,这体现出两种迥然不同的学术观念、治学路向。顾颉刚体现了现代学术分科的思路,代表了一种理性主义、实证主义的科学方法论。可以看出,顾颉刚的疑古思路与茅盾的“神话历史化”观念具有内在的一致性。鲁迅的观念则受到德国、日本的浪漫主义影响。

至于鲁迅和盐谷温在文学史编撰中的相互关系,赵京华脱离开“抄袭”的思维窠臼,将其视为适应 19 世纪后期进入“国民文学”时代不约而同选择的文学史制度建构,其源头正是德国赫尔德《民歌中各族人民的心声》、泰纳《英国文学史》以至勃兰兑斯《十九世纪文学主潮》所代表的强调文学民族性的文学史观。[①] 这种文学史观,固然有以进化论和实证科学为根基的历史主义倾向,其通过回顾文学历史以寻找“国民心声”的旨归,更带有浪漫主义的倾向。

2. 在疑古思潮与民族凝聚力之间

禹作为古史传说人物,他的事迹颇有神异色彩。鲁迅《理水》保留了大禹故事中的某些神异之处,而且运用了一种巧妙的写作方式,即把这些神话成分出之以“转述”的方式,而不是直接描写、直接评论。

---

① 赵京华:《鲁迅与盐谷温——兼及国民文学时代的中国文学史编撰体制之创建》,《鲁迅研究月刊》2014 年第 2 期。

比如,关于禹的父亲鲧,有传说称其死后化为鳖。《左传》昭公七年记载:“昔尧殛鲧于羽山,其神化为黄熊,以入于羽渊。”《史记·夏本纪》唐代张守节《正义》将熊解释为“三足鳖”:“鲧之羽山,化为黄熊,入于羽渊。熊,音乃来反,下三点为三足也。束晰《发蒙记》云:‘鳖三足曰熊’。”《理水》把这个说法化入禹太太对大禹的抱怨:“做官做官,做官有什么好处,仔细像你的老子,做到充军,还掉在池子里变大忘八!”在众多官员建议禹按照鲧的老办法治水时,禹也提到关于鲧的传说:“我知道的。有人说我的爸爸变了黄熊,也有人说他变了三足鳖,也有人说我在求名,图利。说就是了。我要说的是我查了山泽的情况,征了百姓的意见,已经看透实情,打定主意,无论如何,非‘导’不可!”

传说中不仅有鲧化为黄熊的说法,还有禹化为黄熊一说,《理水》照样将其化为传闻:“百姓的檐前,路旁的树下,大家都在谈他的故事;最多的是他怎样夜里化为黄熊,用嘴和爪子,一拱一拱的疏通了九河,以及怎样请了天兵天将,捉住兴风作浪的妖怪无支祁,镇在龟山的脚下。”

禹的问题是《古史辨》中一个非常重要的论题,可以说,“疑古派”与“古史辨运动”就是围绕禹是人还是神这个问题发展起来的。顾颉刚在1923年《努力周报》增刊《读书杂志》上,发表《与钱玄同先生论古史书》,提出“层累地造成的古史说”,其中最引发争议的就是“禹是九鼎上铸的一种动物”,根据《说文解字》把禹解释成“虫也”。这个观点在《理水》中被化形为鸟头先生“禹是一条虫,鲧是一条鱼”的成见。顾颉刚发表文章之后,很多学者参与到论争当中来。柳诒徵的学生刘掞藜、胡适的族叔胡堇人都对这个观点作了有力的批评。顾颉刚则发表《讨论古史答刘胡二先生》,重申禹是神不是人、治水时神话不是历史的观点,在提出“禹是否有天神性”的问题后作出绝对肯定的回答。此后,丁文江以致顾颉刚信的方式发表《论禹治水说不可信书》,以及顾颉刚回信《论禹治水故事书》,都再次强调禹治水的神话传说性质,如丁文江所云“禹治水之说绝不可信”。①

如前所述,顾颉刚及“古史辨”派和清代今文经学、辨伪思想有着内在的联系,受后者影响很大。不过,1965 年日本学者宫崎市定提出顾颉刚的“层累说”可能受到内藤湖南“加上原则”的影响。② 1973 年胡秋原出版《一百三十年来中国思想史纲》,他认为,“古史辨”的发起人是钱玄同,钱由日本幸德秋水“基督抹杀论”和白鸟库吉“尧舜禹抹杀论”的影响,提出尧舜禹皆为神话的观点,顾颉刚受此启发,大胆假设古史皆“层累地造成”,“古史辨”运动由此展开,“由民国十五年一直出到二十年九一八前夕才停止”。和宫崎市定仅仅指出古史辨派与日本学术可能存在影响关系不同,胡秋原言之凿凿。其实,疑古的历史学研究方法、“古史辨”派和日

① 丁文江:《论禹治水说不可信书》,《古史辨》第 1 册,第 208 页。

② 杨鹏、罗福惠:《古史辨运动与日本疑古史的关联》,《探索与争鸣》2010 年第 3 期。

本学术的关系,在民国学术界早有论及。1922 年,章太炎在致柳诒徵的信中指出,胡适"《尚书》非信史"的观点"取于日本人","此种议论,但可哗世,本无实征"。[①] 王国维对白鸟库吉的学术观点也很熟悉,对日本的疑古之风并不认同,他在 1922 年 8 月 8 日致罗振玉的信中就指顾颉刚"其风气颇与日本之文学士略同"。[②] 顾颉刚是否受到白鸟库吉的影响?很多研究者认为,顾氏和白鸟氏的观点相近,但研究方式并不相同,况且顾氏不通日文,在提出自己的观点之前没有接触过白鸟氏等日本学者的学术观念,因此,顾氏与日本学者不存在影响关系。[③] 的确,早在 1933 年,对日本汉学较为熟悉的贺昌群就发表《日本学术界之"支那学"研究》一文,明确指出"白鸟氏所倡之'尧舜禹抹杀论'与我国顾颉刚氏诸人所讨论之'古史辨',虽时序有先后,而目的则同,方法各异"。[④]

回到胡秋原对古史辨运动的批评,他将古史辨运动与日

---

① 章太炎:《与柳翼谋》,马勇编《章太炎书信集》,第 740 页,石家庄:河北人民出版社,2003 年。

② 王国维:《致罗振玉一九二二年八月八日》,谢维扬、房鑫亮主编《王国维全集》第 15 卷,第 529 页,杭州:浙江教育出版社,2009 年。

③ 李孝迁:《日本"尧舜禹抹杀论"之争议对民国古史学界的影响》,《史学史研究》2010 年第 4 期;钱婉约《"层累地造成说"与"加上原则"——中日近代史学上之古史辨伪理论》,《人文论丛》,武汉大学出版社,1999 年。

④ 贺昌群:《日本学术界之"支那学"研究》,《大公报・图书副刊》1933 年第 3 期。

本学术联系起来,还不仅在于试图在两者之间建立学术上的影响关系,更重要的是,他批评“古史辨”派的“疑古”学术倾向是一种破坏民族凝聚力的坏学术,将其和土肥原、白鸟库吉进行的“满洲国运动”相提并论,认为《古史辨》在“九一八”之前停止,“因这时已有土肥原进行、白鸟库吉参加计划的‘满洲国’运动,灭亡中国运动,无须他们来灭古史了”。①

胡秋原的这一观点也得到一些学者的认同,廖名春就认为顾颉刚有可能直接或间接受到白鸟库吉的影响,顾氏之所以不谈,恰恰因为这一政治原因。“否定尧舜禹,引发对中国历史的怀疑,动摇中华民族的自信心,这正是侵略者想干而难以干成的事,具有强烈爱国主义感情的古史辨学者却替侵略者干到了。在这一严峻的现实面前,钱玄同、顾颉刚怎能无动于衷?由此看来,顾颉刚对于古史辨运动兴起的思想来源,确实是有难言之隐。”②

的确,自明治维新以后,“脱亚入欧”“去中国化”在日本社会思想意识上开始占据主流。提倡“国学”,就是为了树立日本自己的民族传统文化。如前所述,在神话学上姉崎正治主张将《古事记》中的神话解释为人文神话,反对将其解释为自然神话,就带有这种建立“日本国民性”的思想底色。

---

① 胡秋原:《一百三十年来中国思想史纲》,第 84 页,台北:学术出版社,1973 年。

② 廖名春:《试论古史辨运动兴起的思想来源》,《原道》第 4 辑,上海:学林出版社,1998 年。

在历史研究上,白鸟库吉不但致力于朝鲜、满洲、蒙古历史的研究,而且鼓吹“尧舜禹抹杀论”,其实是在消解中国文化对日本的影响,也反映了他个人轻视中国历史的倾向。而且,白鸟库吉后来在日本侵华过程中的确积极投入,曾在《华文满洲报》发表《满洲建国之必然》一文,为日本侵华行径张目。①

反观顾颉刚在回应刘掞藜、胡董人的批评时重申自己的“推翻非信史”的“诸项标准”,第一条是“打破民族出于一元的观念”,第二条是“打破地域向来一统的观念”,就以这两条而言,确实很容易在一个民族危亡的时代被误读,产生不必要的误解。对比起来,国民性、国民凝聚力一直是鲁迅所关注问题的重中之重,从留日时期对“沙聚之国”的扼腕叹息,到晚期杂文正面呼吁《中国人失掉自信力了吗》,鲁迅的忧思与愤激溢于言表。那么,对于学术上一味迷信所谓“科学方法”却不自省方法自身的局限——很多论者指出顾颉刚过度使用了“默证法”(后面还要提及这一问题),这在古史研究上是不适合的,以至于变相地成为消解中国历史、损害国民凝聚力的帮凶,鲁迅就不仅是基于学术观念上的不认同,还有对于这种似乎置身于国族之外的伪客观、真糊涂的学术立场的怒其不争。

---

① 幻洁:《斥倭人白鸟库吉的谬论》,《九一八周报》第1卷第7期,1932年4月24日。转引自李孝迁:《日本“尧舜禹抹杀论”之争议对民国古史学界的影响》,《史学史研究》2010年第4期。

3. 诸子学、古史研究与中国传统思想批判

《故事新编》与《古史辨》所涉及内容的重合度很高,可以说,两者皆集中于"古史"问题。除了《理水》中的大禹问题,《采薇》中的夷齐故事、《非攻》描绘的墨子、《出关》中的孔子老子、《起死》中的庄子,这些都是《古史辨》重点讨论的对象。

诸子学是《古史辨》中的重要内容。先秦诸子学说奠定了后世中国思想学术的基本格局,汉武帝"罢黜百家,独尊儒术"之后,从诸子书中提出儒家之书,称之为经书。到了晚清,梁启超、严复、章太炎等人开始在吸收西学的基础上,重新发掘非儒学的诸子学派。梁启超在诸子学上特别重视墨子,高度评价墨子的"兼爱""实利主义"。严复则用西学为参照来重新评点老子、庄子,认为老庄思想与"达尔文、孟德斯鸠、斯宾塞相通"。[①] 章太炎更是写有《诸子学略说》,提出"诸子学"的概念。他对庄子极为推重,《齐物论释》以佛理解释庄子思想,鼓吹"万物齐一""众生平等"的观念,这一学术观念背后其实有着非常重要的现实因素,是为了解决世界格局变化之后中国作为落后国族的尴尬境地,抨击西方列强

---

① 《〈老子评语〉夏曾佑序》,王栻主编《严复集》第四册,第 1100 页,北京:中华书局,1986 年。

以文野之分打着传播文化的旗号实则进行文化侵略的行径。可以看出,晚清诸子学的复兴不仅仅是学术研究方式的变化问题,学术潮流的动因乃是基于政治、文化的考量。鲁迅就评价章太炎是“有学问的革命家”,这个评价是肯定的。这也反映出鲁迅对于学术的认知,学术从来不是、也不应该是象牙塔中的把玩之物。

到了20世纪二三十年代,诸子学又一次形成研究风潮。其中,“古史辨”派对于诸子学也极为重视,《古史辨》第一、四、六册关于诸子的研究蔚为大观。而这次诸子学的繁荣,和胡适的诸子学研究关系密切。

1917年胡适发表《诸子不出于王官论》,直接针对章太炎《诸子学略说》中“诸子多出于王官”的观点。1919年出版《中国哲学史大纲》,胡适把这篇文章作为附录。胡适的观点直接影响到顾颉刚,1933年顾氏为《古史辨》第四册《诸子丛考》所作序言中这样说:

> 民国六年四月,适之先生在国外作了一篇《诸子不出于王官论》。就是这年的秋天他到北京大学授课,在课堂上亦曾提起此文,但送去印了,我们都未得见。延至年底,《太平洋杂志》把它登出,有几位同学相约到图书馆抄写,我始得一读。我那几年中颇喜治子,但别人和自己的解说总觉得有些不对,虽则说不出所以然来。自读此篇,仿佛把我的头脑洗刷了一下,使我认到了一

条光明之路。从此我不信有九流,更不信九流之出于王官,而承认诸子的兴起而有其背景,其立说在各求其需要。诸子的先天的关系既失了存在,后天的攻击又出于其立场的不同,以前所不得消释的纠缠和抵牾都消释了。再与《孔子改制考》合读,整部的诸子的历史似乎已被我鸟瞰过了。[①]

在《古史辨》第四册中,胡适《诸子不出于王官论》作为首篇被再次收入。不过,胡适和顾颉刚在"辨伪"时,大量运用"默证法",这引起了很多学者的批评。1925 年张荫麟在《评近人对于中国古史之讨论》一文就提出"默证"法的问题,"凡欲证明某时代无某某历史观念,贵能指出其时代中有与此历史观念相反之证据。若因某书或今存某时代之书无某史实之称述,遂断定某时代无此观念,此种方法谓之'默证'"。张荫麟明确指出,默证的使用是有限度的,而"顾氏之论证法几尽用默证,而什九皆违反其适用之限度"[②]。其实,在 1923 年率先对顾颉刚观点加以批评的刘掞藜《读顾颉刚君〈与钱玄同先生论古史书〉》、胡堇人《读顾颉刚先生论古史书以后》两篇文章,也都指出了这种默证法的滥用,比如《诗经》中没有描写大禹故事根本不能作为禹不是历史人物

① 《顾序》,《古史辨》第 4 册,第 17 页。
② 张荫麟:《评近人对于中国古史之讨论》,《古史辨》第 4 册,第 199 页。

的证据,因为《诗经》的内容“无须把禹的事情牵进去”。[1] 胡适后来也意识到考信辨伪的方法论问题,自身思想也在发展变化。因此,顾颉刚回忆1929年去拜访胡适时,胡适表示:“现在我的思想变了,我不疑古了,我要信古了!”顾氏听此说,“出了一身冷汗”。[2] 胡适写于1932年的《与钱穆先生论老子问题书》中,就注意到“思想上的线索实不易言”,“希腊思想已经发展到很‘深远’的境界了,而欧洲中古时代忽然陷入很粗浅的神学,至今千年之久。后世学者岂可据此便说希腊之深远思想不当在中古之前吗?”[3]这其实也是对默证法的一种反省。

《理水》中,鸟头先生开始坚持“禹是一条虫”,认为人不可能取一个虫的名字,一定要证明禹的乌有。偏偏乡下人指出了鸟头先生“默证法”的局限,说明人里面是有叫阿禹的,更进一步用语言学知识说明,“‘禹’也不是虫,这是我们乡下人的简笔字,老爷们都写作‘禺’的,是大猴子……”鸟头先生为此非常愤怒:“人有叫做大猴子的吗?”结果乡下人马上回答:“有的呀,连叫阿猫阿狗的都有。”这非常生动地揭示了“默证法”的局限,和上文胡适的反省颇有相近之处。

---

① 刘掞藜:《读顾颉刚君〈与钱玄同先生论古史书〉》,《古史辨》第1册,第84页。

② 顾颉刚:《我是怎样编写古史辨的?》,《古史辨》第1册,第13页。

③ 胡适:《与钱穆先生论老子问题书》,《古史辨》第4册,第411页。

“默证法”的适用限度并不难理解，为何顾颉刚和“古史辨”派的一些学者大量采用“默证法”？其实，从顾颉刚自述学术历程以及《古史辨》中的诸子学和古史辨伪文章就可以看出，而其辨伪思想的实质就是唯理性主义、唯科学主义，这种思想方式，确实是与乾嘉之学、胡适的实证主义科学方法一脉相承的，正如胡适也被认为是继承了乾嘉之学与杜威的学说而形成的个人治思想史之理路。可以说，胡适和顾颉刚的学术方式，代表着一种特别具有中国特色的理性主义，是一种很有代表性的中国现代启蒙思路。另外，顾颉刚辨伪的目的就是为了反“道统”，这也是五四之后启蒙思想的要义。不过，正如王汎森辨析指出的，反道统的顾颉刚，恰恰受到了今文学家康有为等人的辨伪思想的影响，把今文学家的某些观点当作了自己的前提。这样看来，顾颉刚唯理性主义的方法论倾向背后又是先有了一个“反道统”的预设前提的，这跟康有为等今文学家以建立新道统为前提的思路并没有质的区别。而顾颉刚对自己唯理性主义的思想倾向是毫无反省的，对自己所受今文学家的影响也缺乏足够的自觉。顾颉刚对诸子学、古史以及中国思想史的研究方式，正是一种典型的五四新文化人的启蒙症候。鲁迅虽然也持有启蒙立场，但他同时具有对启蒙的反思。从早期的文言论文到《呐喊》《彷徨》，再到《故事新编》，鲁迅式“反启蒙的启蒙”是一以贯之的。这也是他不能同意顾颉刚等古史辨派学术方法的重要原因。

另外,鲁迅《出关》写了孔老相争,在《〈出关〉的“关”》一文中,他坦陈“孔胜老败”故事是取自章太炎《诸子学略说》,自己也并不相信为事实。既然不相信为事实,为何还这么写呢?这不禁令人想起章太炎对于诸子学与经学的区分:“经多陈事实,诸子多明义理。”①可以这么理解,在涉及诸子的阐释上,重要的是“义理”而不是“事实”。那么,孔子是否问道于老子,孔老是否相争,这些并不是最关键的,关键的是两者思想交锋之下“孔胜老败”的合理性。在这个意义上,《起死》的构思也就可以理解,小说不一定要重写历史上的庄子之“事实”,更重要的是通过重写来“明义理”。

《故事新编》中《出关》和《起死》分别重写了老子、庄子这两位道家人物的故事,的确,鲁迅对道家问题很关注,在致许寿裳的信中就曾经表示同意“中国根柢全在道教”的说法。②《古史辨》也有相当的篇幅讨论道家问题。此外,墨子和墨家也是鲁迅与顾颉刚等古史辨派关注的重要问题。不仅诸子学问题得到了共同关注,古史也是两者都瞩目的对象,除了上述禹治水的问题,顾颉刚也注意到夷齐,并且用“辨伪”的思路判定“不食周粟”的故事出于伪造:

《论语》上称伯夷叔齐凡四次……味这四语的意

① 章太炎:《与章士钊》第二书,马勇编《章太炎书信集》,第787页,石家庄:河北人民出版社,2003年。

② 鲁迅:《180820致许寿裳》,《鲁迅全集》第11卷,第365页。

> 义，伯夷叔齐颇似只是隐士；所谓"饿于首阳"，犹云"食贫于首阳"，这句话正是对着阔绰的齐景公立说，自可证明。但后来造伪史的人看得"饿"字太着实了，以为一定是饿死，于是造出"义不食周粟"的一段故事来。这件故事越说越多，于是夷齐只成了殷朝的忠臣，没有《论语》中"逸民"的气息了。①

显然，顾颉刚对于伯夷叔齐的态度，依然是重"事实"，并且在"辨伪"的基础上将其判为"非信史"，将《论语》的"逸民"解释成"隐士"，进而取消了"不食周粟"所传递的"义"之"义理"。而在《采薇》中，鲁迅重写伯夷叔齐，也重新回应了"隐士""逸民""义"的问题，而且进一步把顾颉刚等古史辨派一再讨论的汤武革命与"天命""王道"问题纳入进来。下面，将就《采薇》所涉及的以上问题加以详细辨析。

4."王道""天命"的历史批判和现实讽喻

小说《采薇》中，伯夷、叔齐是两个不合时宜者，他们先是不满商纣王的"变乱旧章"，继而反对周武王之"不合先王之道"——"以下犯上""不仁不孝""以暴抗暴"；避往华山，他们遭强盗小穷奇搜身；隐居首阳山，"不食周粟"，采薇果

① 顾颉刚：《论尧舜伯夷书》，《古史辨》第1册，第43、44页。

腹,却先被“高人”小丙君批评“通体都是矛盾”,后被婢女阿金姐以“普天之下,莫非王土”相质问,最终连薇也吃不下去,无可立足,饿死在山洞。

《采薇》的众多解读者中,王瑶眼光独到,他抓住小丙君的“矛盾”论,辨析夷齐的矛盾就在于他们笃信所谓“先王之道”,而不明白那是“阔人”拿来“假借大义,窃取美名”的工具,其实,“真正懂得先王之道精髓的并不是伯夷和叔齐,而是他们的对立面:周武王,小丙君,乃至华山大王小穷奇”。[①]王瑶指出,周武王是“打着推行王道、‘恭行天罚’的旗号伐纣的”,换句话说,“王道”云云不过是旗号而已。小丙君更是历史和现实生活中“屡见不鲜的见风使舵的人物”,他做出慷慨激昂的姿态,体现的正是“所谓先王之道的真谛和实质”——“骗人和掠夺”。

王瑶对《采薇》中“王道批判”的内涵之观察可谓敏锐,只是不宜将“王道”和夷齐心目中的“先王之道”不加区分,用“骗人和掠夺”形容“王道”则可,径直归为“先王之道的实质”则有武断之嫌。《采薇》中,夷齐所信奉的先王之道是什么?伯夷说,“为了乐器动兵,是不合先王之道的”。叔齐说,“以下犯上,究竟也不合先王之道”。叔齐拉着伯夷质问兴兵伐纣的武王:“老子死了不葬,倒来动兵,说得上‘孝’

---

① 王瑶:《〈故事新编〉散论》,《中国现代文学史论集》,第105页,北京:北京大学出版社,1998年。

吗？臣子想要杀主子，说得上‘仁’吗？”叔齐听说武王伐纣的细节之后，又一次感慨，“不料竟全改了文王的规矩……你瞧罢，不但不孝，也不仁……”夷齐饿死首阳山之后，小丙君非议他们作的《采薇》歌，歌中有言：“上那西山呀采它的薇菜，强盗来代强盗呀不知道这的不对。神农虞夏一下子过去了，我又那里去呢？唉唉死罢，命里注定的晦气！”那么，于伯夷叔齐来说，“先王之道”就意味着：孝，仁，反对暴力，上下有序，总之就是“神农虞夏”所代表的圣人之治。追慕三代，师法先王，崇奉先王尧舜禹的禅让精神，这才符合“先王之道”。

“先王之道”出自《论语》，“王道”的观念则主要由孟子建构而成。所谓“王道”，《尚书》中已有此说，但基本上这个概念是在孟子那里得到系统阐发的，“王道”既包含了“先王之道”，也包含现实中君王理想的君道思想，“先王之道”又往往是申说“王道”时具体的典范。不过，在儒学内部，倡“王道”者与倡“先王之道”者也有很多不同阐发，甚至由此体现出很不相同的立场，而这种立场也直接联系着对武王伐纣及汤武革命的评价。①

① 例如，日本德川时代的伊藤仁斋就提倡“王道”，但他向往古代中国先王尧舜禹的禅让精神，非常反对假借“天命”口号进行“遽废天子”的篡弑之实，反对假借“天命已改”的以暴易暴的革命手段；荻生徂徕则提倡“先王之道”，他反对朱熹的汤武论，认为“天命”是至高的，汤武放伐是“奉天命而行之”，不容置疑。（参见张崑将：《日本德川时代古学派之王道政治论：以伊藤仁斋、荻生徂徕为中心》，第118—122页，上海：华东师范大学出版社，2008年。）这种区分虽然与小说《采薇》有别，但也说明不同学者对“王道”和“先王之道”的区分直接联系着对武王伐纣的评价，以及对“天命”的理解。

《采薇》中,武王、小穷奇、小丙君等人其实并未直接谈论“先王之道”抑或“王道”,他们一再挂在嘴上的是“天”——“恭行天罚”“恭行天搜”“天命有归”。“天罚”“天搜”云云,和“王道”论固然具有一致性,但又有区别。《采薇》甚至并未直接使用“王道”一词。不过,鲁迅在杂文《关于中国的两三件事》中曾给周朝冠以“王道的祖师而且专家”的讽刺性称号,并以夷齐“叩马而谏”的典故来质疑周武王与周朝的“王道”。小说《采薇》中虽然武王没有直接以“王道”自居,但他自称“天命有归”,显然就是标榜自己的“王道”。

王瑶将鲁迅杂文中的“王道批判”作为阐发小说《采薇》的基点,确为有的放矢。在1950年代的《采薇》评论中,作家姚虹也认为小说“首先是揭露封建统治者的‘王道’的内幕”,“作者的沉重打击,首先而且主要落在吹嘘王道精神的蒋介石反动派及其帮闲们的头上”。① 不过,这种“王道批判”论重在小说以古鉴今的现实讽喻,王瑶更是不加区别地将矛头对准武王、小丙君之流的“假借大义”:“不是从日本侵略者、国民党统治者,一直到胡适,都在喧嚣着要提倡王道?”那么,看起来立场很不相同的这三种人为什么都提倡“王道”?他们所提倡的“王道”是一回事吗?其实,《采薇》中的人物形象既有现实讽喻性,也有历史批判意味,而且,在讽喻层面的指向不尽相同,其历史批判力度也是有层级差异

① 姚虹:《关于〈采薇〉》,《文艺报》1956年第19期。

的。《采薇》中虽然都打着“天”字旗号，小丙君、小穷奇的形象显然又有着不同于武王的意义。鲁迅强调的“天(命)”意味着什么？“天(命)”说之于武王、小穷奇、小丙君又有哪些相同与不同之处？茅盾曾说“《采薇》无一事无出处”，[①]而鲁迅创作中不仅重写“古典”，还充分利用“今典”，那么，这些“古典”与“今典”来自何方又指向何处？

正如上述学者不约而同注意到的，早于《采薇》一年多，鲁迅在杂文《关于中国的两三件事》曾提到夷齐与武王，论述“关于中国的王道”。这篇杂文和小说《采薇》颇有关涉，尤其是前两部分，可以与《采薇》对照来读。杂文中鲁迅用夷齐“叩马而谏”等记载来揭露“那王道的祖师而且专家的周朝”，指明所谓“王道”不仅有破绽，而且“毫无根据”：

> 虽是那王道的祖师而且专家的周朝，当讨伐之处，也有伯夷和叔齐叩马而谏，非拖开不可；纣的军队也加反抗，非使他们的血流到漂杵不可。接着是殷民又造了反，虽然特别称之曰“顽民”，从王道天下的人民中除开，但总之，似乎究竟有了一种什么破绽似的。好个王道，只消一个顽民，便将它弄得毫无根据了。[②]

---

① 茅盾：《联系实际，学习鲁迅》，《茅盾评论文集》(上)，第416页，北京：人民文学出版社，1978年。

② 鲁迅：《关于中国的两三件事》，《鲁迅全集》第6卷，第10、11页。

鲁迅在杂文中所谈史实,皆见诸司马迁《史记》。小说《采薇》中夷齐“叩马而谏”“采薇赋诗”反对“以暴抗暴”,武王伐纣“血流漂杵”,皆典出《史记》中《伯夷列传》《周本纪》,鲁迅只是加以文字铺陈、小说演绎。《伯夷列传》记载,“伯夷、叔齐叩马而谏曰:‘父死不葬,爰及干戈,可谓孝乎?以臣弑君,可谓仁乎?’”《采薇》中,叔齐拖着伯夷扑到周武王面前,拉住马嚼子,直着脖子嚷:“老子死了不葬,倒来动兵,说得上‘孝’吗?臣子想要杀主子,说得上‘仁’吗?……”这可谓直译了。《伯夷列传》记载夷齐“及饿且死,作歌”:“登彼西山兮,采其薇矣。以暴易暴兮,不知其非矣。神农虞夏忽焉没兮,我安适归矣?于嗟徂兮,命之衰矣!”《采薇》中,也不过把文言改为白话:“上那西山呀采它的薇菜,强盗来代强盗呀不知道这的不对。神农虞夏一下子过去了,我又那里去呢?唉唉死罢,命里注定的晦气!”

然而,鲁迅又是如何从《史记》的记录中推论出“王道的破绽”,进而在小说《采薇》中进一步铺张渲染呢?司马迁是否有意在《史记》中揭露周武王“王道的破绽”?其实,《史记》中相关记载本来就是历代学者争执不休的一桩公案。具有代表性的质疑来自清代崔述,他认为“叩马而谏”与武王的“王道”“理无两是”,司马迁是错误采信了非尧舜薄汤武的谬说:

> 天下之是非,一而已矣。……桀纣之暴虐为非,则汤武之吊伐为是。……故伯夷之叩马果是,则殷纣之虐民

> 无饥。苟武王之救民不菲,则以伯夷之圣,安得有叩马之事哉?……然则叩马信则辟纣必诬,辟纣信则叩马必诬,《孟子》与《史记》亦无两皆是之理也。……盖当战国之时,杨墨并起,处士横议,常非尧舜,薄汤武,以快其私;故或自以为论以毁之,或托诸人以毁之。……伯夷既素有清名,又适有饿首阳一事,故附会为之说,以毁武王。①

崔述将《孟子》与《史记》中伯夷的记载对比。《孟子》也表彰伯夷,称其"圣之清者",同时,对不肯"降志辱身"的伯夷有所批评,谓之气量不够——"隘"。崔述显然认同孟子的观念,以孟子来驳司马迁。孟子讲"王道",颂扬武王的功德,所以,不谈会令"王道"蒙尘的"叩马而谏",批评"不合作"的"隘者"也自然是题中之义。

不过,南宋罗大经对此早有辨析,恰恰认为"叩马而谏"的双方不一定互相否定,"理有两是"并无不可:"昔武王伐纣,举世不以为非,而伯夷、叔齐独非之。东莱吕先生曰:'武王忧当世之无君,伯夷忧万世之无君也。'余亦谓孟子忧当世之无君者也,泰伯忧万世之无君者也。""太公之鹰扬,伯夷之叩马,道并行而不相悖也。"②

---

① [清]崔述:《丰镐考信录卷八 · 伯夷叔齐》,《崔东壁集》(上),许啸天标点,胡云翼校阅,上海:群学社,1928 年。

② [宋]罗大经著、王瑞来点校:《鹤林玉露》,第 121、228 页,北京:中华书局,1983 年。

虽说“理有两是”，其实仍有高下，朱熹就曾加以评判：“泰伯之心，即伯夷叩马之心；太王之心，即武王孟津之心，二者‘道并行而不相悖’。然圣人称泰伯为至德，谓武未尽善，亦自有抑扬。盖泰伯夷齐之事，天地之常经，而太王武王之事，古今之通义，但其间不无些子高下。”①这里朱熹是就《论语》加以发挥。孔子称颂让王的泰伯为“至德”，表彰伯夷叔齐的“仁”，却借由评论舜的《韶》乐“尽善尽美”与武王的《武》乐“尽美而未尽善”，显出高下之分，“以暴易暴”终究于“尽善”有亏。

由此观之，司马迁《伯夷列传》对武王的评价，与孔子较为接近，而远孟子。《采薇》中，夷齐念念不忘“先王之道”，认为武王所作所为“不合先王之道”。《论语》曰，“礼之用，和为贵。先王之道，斯为美”，强调“礼节秩序”与“和平和谐”。《孟子》讲“王道”，主张“施仁政”，强调“天命在我”“正义在我”，实际上是前门赶出“暴力”又从后门请了进来。因此，鲁迅直言，“倘说先前曾有真的王道者，是妄言”，所谓王道，不过是孟子“以谈霸道为羞”，②换了个名词加以美化而已。

小说《采薇》中渲染伐纣过程中“血流漂杵”，描述武王如何侮辱已经自尽的纣王及其姬妾——不仅“箭射死尸”，

---

① ［宋］朱熹著、黎靖德编：《朱子语类》第 3 册，第 910 页，北京：中华书局，1999 年。

② 鲁迅：《关于中国的两三件事》，《鲁迅全集》第 6 卷，第 11 页。

还要"砍头示众"。这些见诸《史记·周本纪》的细节,在小说中借武王的手下之口铺展开来,展现了伐纣中"不必要的暴力"。小说以"采薇"为题,既是取自夷齐在不食周粟、采薇而食的本事,也指向了那首在夷齐死后被小丙君批评的反对以暴易暴的"采薇"歌。

对以暴易暴的质疑,这就涉及武王伐纣之正当性问题。"汤武革命"的合法性是怎样的?如果讨伐殷纣以阻止暴君恶行是一种"善"的话,那么讨伐过程中武王一方的暴力之"恶"必然构成对"善"的冲击。陀思妥耶夫斯基在《卡拉马佐夫兄弟》中曾经提出类似的疑问,如果"永恒的和谐"要以"孩子的眼泪"为代价,前者是否已经绝对丧失了自身的合理性。"革命"中的暴力与恶如何看待?这个问题是真实存在的,也曾引起先秦诸子百家聚讼不已。儒家不得不处理这个问题。孔子没有直言其事,而用迂回曲折的方式表明自己的立场。他赞颂"不争""三让天下"的泰伯之"至德"。他用谈论音乐的方式来对比舜与周武王,称颂前者的《韶》乐"尽善尽美",而称武王之《武》乐"尽美未尽善",这里显然有了高下之别。前述朱熹将夷齐与武王并谈的论调显然是上承孔子而来。

在这个意义上,鲁迅对夷齐笃信的"先王之道"和武王的"王道"区分而来,也可以理解为他对儒家孔孟二圣的批评程度上存在轻重差异吧。

其实,论及夷齐的诸多典籍中,不利于武王的记述并不罕见。《战国策》中就有“廉如伯夷,不取素餐,污武王之义而不臣焉,辞孤竹之君,饿而死于首阳之山”①的说法。所谓“污武王之义而不臣”,可以与“叩马而谏”、反对“以暴易暴”对观,而强调伯夷之“廉”,对比衬托的恐怕正是武王的功利之心。至于《庄子·让王》,干脆就将武王描绘成在伐纣之前封官许愿以笼络人心的势利之徒,让夷齐当面嘲笑、斥责,并表示要“避之以洁吾行”。② 崔述所谓“薄汤武”的议论,所指就是此类。可以看出,这种用夷齐之“廉”“洁”批评武王的方式,反对暴力固然是一方面,更重要的是针对武王伐纣不无功利考量。

武王伐纣,固然有其合理性和正当性,但是征讨过程中的必要和不必要的暴力并不能因此被抹杀,也不能否认通过伐纣获得权势利益的事实。《采薇》中,武王用“恭行天罚”“天命有归”来赋予自己绝对的正义,将殷纣判为“自绝于天”的极恶,从而为自己的杀伐与取纣而代之找到合法性。他的行为本身就违背了父亲文王的“仁义”主张。也就是说,武王只是采纳了有利于自己行动的道义之词,而回避了不利于自己的道德评判标准。这里,毋宁是将“天命说”当作了一种工具,而不是信仰。

小说中原文引用武王伐纣前公告天下自己即将“恭行天

① [汉]刘向编:《战国策》,第329页,济南:齐鲁书社,2005年。
② 王叔岷:《庄子校诠》,第1163页,北京:中华书局,2007年。

罚”的《泰誓》、胜利后以贬斥纣王来树立自己合法性的《牧誓》(在《采薇》中误为《泰誓》),突出的就是武王以“天命”自居,用“天命”来掩盖征伐与弑君过程中暴力行径与功利企图。以“天命”自居,不仅伪饰了自己的功利心,而且十足霸道,将“话语权”完全据为己有。

小说中夷齐出走华山,路遇强盗小穷奇搜身,对方竟然和武王腔调一致,先是尊称其“天下之二老”,继而就毫不客气地对“二老”搜身了。这里,“恭行天搜”对“恭行天罚”的戏拟可谓神来之笔。的确,《采薇》中,迷信“先王之道”并口颂不已的是夷齐,后来被孟子奉为“王道”祖师的周武王更多的是以“天命”自居,宣扬天命不可违,而自己是“恭行天罚”。所谓上行下效,结果连强盗也学会了这套把戏,以“天命”自居。“首阳村的第一等高人”小丙君,看到纣王失势、武王得胜的前景,马上以“知道天命有归”为理由而弃旧主、“投明主”,但大话说得再动听也不能掩盖他见风使舵、巧言令色而假以大义的虚伪。对于清誉在外的夷齐,小丙君先是有意奉承、结交,当发现对方与自己不同调时,接着就恶意攻击,但是不管论诗的“温柔敦厚”,还是“普天之下,莫非王土”的凛然,话说得再堂皇也不能掩盖其恼羞成怒、党同伐异的小人之心。“天命”说之伪饰,虚伪之流布盛行,令人浩叹。

《采薇》嘲讽武王以“天罚”“天命”标榜自己的合法性与

正义性,揭示武王“王道的破绽”,自然也有着指向现实的讽喻意味,王瑶指出:“周武王是打着推行王道、‘恭行天罚’的旗号伐纣的,在‘血流漂杵’之后又‘放马于华山之阳’,博得了‘王道的祖师而且专家’的美名;一直到鲁迅写《采薇》的年代,不是从日本侵略者、国民党统治者,一直到胡适,都在喧嚣着要提倡王道吗?”①的确,“王道”云云,可以外冠“仁德”之名、内行“霸道”之实,实在是统治者宣传的最佳口号。于是我们看到,在1930年代的中国,国民党以“王道政治”来解释“三民主义”,日本侵略者以“王道”来鼓吹“大东亚共荣”,而伪满洲国的所谓“总理大臣”郑孝胥更是以“复兴王道”的谎言大话来自欺欺人。

孙中山的三民主义演讲中,曾以中国的“王道”来解说“民族主义”,称“由于王道自然力结合而成的是民族,由于霸道人为力结合而成的便是国家”。② “王道”之谓还是为“三民主义”的合法性服务,并未被单独拿出来鼓吹。孙中山自己不过是强调其思想是继承“自尧、舜、禹、文、武、周公至孔子而绝”的正统思想而来,并将这种中国“正统的道德思想”发扬光大。③ 到了1934年,蒋介石开始推行“新生活”

---

① 王瑶:《〈故事新编〉散论》,《中国现代文学研究史论》,第106页。

② 孙中山:《孙中山文粹》(下),第727页,广州:广东人民出版社,1996年。

③ 戴季陶:《三民主义之哲学的基础》,第38页,青年书店,1938年。

运动,内里却以儒家传统伦理思想为支撑,于是社会言论上也就有了复古"读经"的提倡,而政界军界也就有了鼓吹"王道"的声音,并以孙中山的"三民主义"来代表现代中国之"王道"。一时间,这种论调颇为盛行。比如,政论性杂志《自觉》月刊在1935年第38期就刊登了吕佑生名为《三民主义的政治哲学——王道政治论》的文章。曾任职中央陆军军官学校史学教官的黎光明,也在该校刊物《明耻》上宣扬"王道",从孙中山论民族主义的"王道"说开始,回溯中国"和平""宽大"的"王道"传统。①

与此同时,日本侵华势力也在争夺"王道"的解释权,把"王道"归之于所谓保存了"国性""国粹"的伪满洲国,并等同于日本的"皇道"。在东北地区,日本在华所办历时最长的中文报纸《盛京时报》、伪满洲国政府的机关报《大同报》都在宣扬东三省已成"王道乐土",标榜所谓"王道立国"。为侵略服务的日本作家、学者也参与到对"王道"的鼓吹中。鲁迅《关于中国的两三件事》一文就批评了日本作家中里介山的言论。后者在发表于伪满洲国的《给支那及支那国民的信》中,不满于"支那人"看不到侵略也可以是"王道",有"安定国家之力,保护民生之实",而胡适此后不久发出"只有一个方法可以征服中国,即……征服中国人的心"的论调,简直令人觉得像是在应

---

① 黎光明:《中国的"王道"思想》,《明耻》1935年第1卷第8期。

和中里介山。

其实,在鲁迅抨击“王道”的同时,国内不少人也注意到日本在导演伪满洲国“王道乐土”的丑剧,指出日本“王道”云云,不过是束缚东北人民的思想。① 但在东北伪满洲国任国务总理的郑孝胥却不得不强词夺理,强辩其“王道政治”,鼓吹“王道救世”。伪满洲国在文艺上也推行其“王道”理念,《盛京时报》《大同报》等东北报纸的文艺副刊是其主要阵地。“满洲帝国国民文库”也是其通过文艺推行“王道政治”的手段之一,比如 1933 年出版“文库”第一集《新小说》,里面收录的不外乎题为《天下太平》《王道下的新生命》之类“歌功颂德”之作。有一位署名“胡卜人”的作者在内山书店看到此书后,感慨“在‘满洲帝国’治下居然也有御用的文学”,于是撰文介绍出来希望“使大家知道这御用的文学是有着怎样的一副嘴脸”。② 众所周知,鲁迅与内山书店关系匪浅,1933 年之后更是搬到离内山书店非常近的大陆新村居住,那么,他或者也读过这本《新小说》。

总之,鲁迅不难见识类似嘴脸的作品,如上文所述,连少人注意到的中里介山在伪满发表的文章,他都念念不忘,对此种流布到上海的文艺色彩之“王道”论调,他又怎能不更

① 《如此王道》,《时代公论》1934 年第 3 卷第 28 期。

② 胡卜人:《“王道”下面的“新小说”》,《读书生活》1936 年第 3 卷第 11 期。

加愤然？于是，我们可以看到鲁迅嘲讽地自称“天生蛮性”，“不懂”“郑孝胥先生讲王道”，①可以看到由鲁迅之手发表并署其笔名的瞿秋白杂文，如何发出小心郑孝胥要把“王道”担子挑到满洲的警示。②

《关于中国的两三件事》是鲁迅应日本改造社之约以日文写作的，1934 年 3 月以《火，王道，监狱》为题发表于日本《改造》月刊，显然是面向日本读书界的“发言”，力图揭示其“王道论”的悖谬。同时，鲁迅也将方晨的译稿寄天津《天下篇》月刊发表。1935 年 6 月、1936 年 4 月，鲁迅又分别在《改造》上发表了以日文写作的《在现代中国的孔夫子》《我要骗人》，依然是就中日关系向日本读者发言。前者描绘孔子如何在中国一向被当作“敲门砖”，被“权势者们捧起来”，以反衬日本借张扬儒家崇拜来淡化其侵略的实质。后者更是揭露所谓“中日亲善”之虚妄，以及对于日本普通读者能够“看见和了解真实的心”的不抱乐观之态度。

鲁迅的不抱乐观是有理由的。日本文化界中固然有愿意倾听鲁迅声音的知识分子，但为所谓“王道”张目的却更不乏其人。对中国经济思想史素有研究的日本学者田崎仁义，后来就在香港的亲日刊物《大同》月刊上发表文章，将“王道”从孙中山的三民主义中剥离开来，批评孙中山的三

---

① 鲁迅：《“天生蛮性”》，《鲁迅全集》第 8 卷，第 432 页。

② 公汗（瞿秋白）：《中国语文的新生》，《新生》周刊，1934 年 10 月 13 日。

民主义包容了共产主义,其实抛弃了国粹"王道",而寄希望于汪精卫能够"幡然放弃"三民主义,"一路迈进王道新中国的建设,而与皇道日本、王道满洲互相提携"。①

《关于中国的两三件事》中批评的中里介山,撰文为日本抱不平,认为中国的周汉都有侵略的性质,但那侵略"有安定国家之力",正是"王道"。这是公然为日本侵华张目。鲁迅干脆径直称周武王为"侵略者":"以征伐之名入中国,加以和殷似乎连民族也不同,用现代的话来说,那可是侵略者。"也许可以说,周朝鼓吹王道不无影射现实中国民党统治者和伪满洲国都在争抢"王道正统"的意味,那么武王的"侵略"形象也叠印着现实中日本的侵略势力。不过,对侵华的日本军事帝国主义来说,更适宜的譬喻形象应该是《采薇》中的强盗小穷奇。明目张胆地打劫,却又号称"恭行天搜","华山大王"小穷奇既滑稽又可怕,以之比拟一面打着"王道"之名一面行"强盗"之实的侵略者,确有独得之妙。

王瑶曾经将夷齐与小丙君分别比作鲁迅《十四年的"读经"》中的"笨牛"与"阔人"(也是"聪明人")。这两种人同样读经读古文,但前者是"真主张",后者不过是"挂招牌","阔人绝不是笨牛,否则,他早已伏处牖下,老死田间了"。

---

① 田崎仁义:《王道和新中国的三民主义》,《大同月刊》1939年第4期。

对于“聪明”的“阔人”来说，“读经读古文”只不过为他们找到了“天命”之类漂亮的金字招牌，我们文明中的这些令人痛心疾首的“正人君子”，他们的“聪明”就体现在知道“怎样敷衍，偷生，献媚，弄权，自私”，还能够“假借大义，窃取美名”。[①]《采薇》的主要情节都有出典，尤其在对《史记》进行重写时对前文本保持了相当的尊重，但在小穷奇、小丙君、阿金姐的描写上，人物情节滑稽而讽刺，独出心裁，令人捧腹，显见得属于鲁迅在序言自谦的“油滑”。这些人物往往操着现代语言，行为举止也更接近现代人，所谓“油滑”者，更多带有借古讽今的意味。比如小丙君的人物设定就特别摩登，此人不仅作诗，还懂得“文学概论”，所以有论者指出这是“把当时的文坛上的某些人物，穿上古装”，讽刺当时“号称为艺术而艺术的诗人”。[②] 那这诗人会和什么时人有关呢？

《采薇》中描绘小丙君批评夷齐“谈不来诗歌”：一是穷，二是“有所为”，三是有议论。他又批评“采薇”歌是“发感慨”“讥讪朝政”，不是“为艺术而艺术”，不但“怨”，而且“骂”，没有“永久性”。这样的描写不难令人想起鲁迅一向批评“新月派”的口吻。1927 年，鲁迅在劳动大学的演讲《关于知识阶级》中指出当时知识分子的“衰弱”，“现在，比较完全一点的，还有一条路，是不做时评而做艺术。要为艺术而

---

① 鲁迅：《十四年的“读经”》，《鲁迅全集》第 3 卷，第 138 页。

② 辛勤：《鲁迅先生的〈采薇〉》，《1913—1983 鲁迅研究学术论著资料汇编》(3)，第 1220 页，北京：中国文联出版社，1986 年。

艺术。住在'象牙之塔'里,目下自然要比别处平安”。鲁迅进一步提到有被他骂过的人,“劝我不要发议论,不要做杂感,你还是创作去”。① 这里应该就是指的胡适、徐志摩等“新月派”文人。“为艺术而艺术”,是十足的徐志摩口吻。此外,小说中小丙君“刚做好一本诗集子”,兴冲冲要找夷齐“谈谈文学”,不难令人想起胡适对《尝试集》的珍视,不仅多次再版不断修订,在四版时还特地请鲁迅、周作人、陈衡哲、任叔永、俞平伯等人为他“删诗”。但有两首鲁迅建议删掉的诗,胡适还是保留下来,并表示与鲁迅观点不一致,这倒不无小丙君摇头说夷齐“谈不来诗歌”的况味。②

联系王瑶谈及《采薇》中批判“王道”的现实讽喻指向而举了胡适为例,小丙君的确带有一些胡适的影子。那么,胡适与“王道”有何干系呢? 前文提到,《关于中国的两三件事》中鲁迅批评中里介山的“王道”论,进而批评胡适“征服中国人的心”的不妥言论。想来胡适的本意不是为日本侵略者张目,鲁迅也说,“征服中国民族的心,这是胡适博士给中国之所谓王道所下的定义,然而我想,他自己恐怕也未必相信自己的话的罢”。③ 但现实效果确实引起了很多国人的不满和批评。的确,在1915年日本提出“二十一条”无理要求

---

① 鲁迅:《集外集拾遗补编·关于知识阶级》,《鲁迅全集》第8卷,第228页。

② 胡适:《〈尝试集〉四版自序》,《尝试集》,第3、4页,上海:亚东图书馆,1922年10月增订四版。

③ 鲁迅:《关于中国的两三件事》,《鲁迅全集》第6卷,第9页。

和1931年“九一八事变”这两个中日关系特别紧要的时刻，胡适都特别“低调”，还强调国力不强就要“学到‘能弱’”，“要承认我们今日不中用”。[①] 1937年卢沟桥事变之后，胡适更是“极端恐惧”，“主张汪、蒋向日本作最后之和平呼吁，而以承认伪满洲国为议和之条件”。[②] 可见，示弱姿态和弱势心态一直主导着胡适，影响到他的思想与判断。

胡适文中并未提及“王道”，鲁迅之所以将他的言论与“王道”联系起来，可能与早于此文一年发表的《王道诗话》有关。这篇杂文是瞿秋白所作，经由鲁迅之手并用鲁迅常用笔名发表，后来一直收在鲁迅杂文集《伪自由书》。该文批评胡适是典型的“帮忙文人”，是为中国统治者辩护的“王道论者”：“人权抛却说王权”，“人权王道两翻新”，“说什么王道，仁政。你看孟夫子多么幽默，他教你离得杀猪的地方远远的，嘴里吃得着肉，心里还保持着不忍人之心，又有了仁义道德的名目。不但骗人，还骗了自己，真所谓心安理得，实惠无穷”。[③] 这一时期，同由瞿秋白作而署鲁迅笔名直接批判胡适的还有杂文《出卖灵魂的秘诀》。[④] 而鲁迅在《言论自由

---

① 胡适：《全国震惊以后》，欧阳哲生编《胡适文集》第11卷，第312页，北京：北京大学出版社，1998年。

② 林美莉编辑校订：《王世杰日记》（上册），第28页，台北：（台湾）“中研院”近代史研究所，2012年。

③ 《王道诗话》，《鲁迅全集》第5卷，第50、51页。

④ 1933年瞿秋白以鲁迅笔名发表并收入鲁迅杂文集的共12篇，是其在“鲁迅家作客或住在鲁迅家附近时所作”，其中有些是根据鲁迅的意见或与鲁迅交换意见后写成的。鲁迅对这些文章也曾做过字句上的改动。参见《瞿秋白文集》第1卷，第414—457页，北京：人民文学出版社，1953年。

的界限》《二丑艺术》《帮闲法发隐》《吃教》等杂文中也一再不点名地批评胡适是"帮闲文人"。而胡适这一时段针对中日关系所说的"征服中国人的心"的自处下风的表达,显然秉持类似他在1934年发表的《说儒》中"柔逊"的立场(这一点后文还会涉及),和"王道"论调一起,不免激起鲁迅的抨击。

胡适显然也听到了来自鲁迅和瞿秋白等人的批评声音,不过,以胡适一向的行事风格,他的回应也是宛转曲折的。比如,他在1934年7月发表了一篇《〈西游记〉的第八十一难》,改写《西游记》第九十九回,铺排敷衍出"观音点簿添一难,唐僧割肉度群魔"的故事,把唐僧塑造成一位无限伟岸、慈悲的牺牲者,以自身之肉供食几万饿鬼。这种不无自我剖白意味的寓言书写,和胡适在1929年12月为新月书店版《人权论集》所撰序言中"救火鹦鹉"的譬喻,内在精神是一致的。胡适还专门为《〈西游记〉的第八十一难》写了一段题记,第一句话就是:"十年前我曾对鲁迅先生说起《西游记》的第八十一难(九十九回)未免太寒碜了,应该大大的改作,才衬得住一部大书。"①无疑,胡适这里有着"向鲁迅喊话"的意思。

其实,胡适这样的反应,恰恰是被鲁迅视为"正人君子"

---

① 胡适:《〈西游记〉的第八十一难》,1934年7月《学文月刊》第1卷第3期。

的忸怩作态的一种表现。如果注意到“油滑”的小丙君口称“知道天命有归”为自己私心找到冠冕堂皇的理由,就可以联想到鲁迅一向批判的现代知识分子中“正人君子”“公理论者”“做戏的虚无党”之流。鲁迅在与现代评论派的论争中曾经有感而发:“但我又知道人们怎样地用了公理正义的美名,正人君子的徽号,温良敦厚的假脸,流言公论的武器,吞吐曲折的文字,行私利己,使无刀无笔的弱者不得喘息。”[1]为此,他要揭露“一些所谓学者,文士,正人,君子”的马脚。后来,鲁迅干脆把这些“公理论者”称为“做戏的虚无党”,他们“对于神,宗教、传统的权威”,不是“信”和“从”,而是“怕”和“利用”。他们“善于变化,毫无特操”,却偏要摆出“和内心两样的架子”来。[2] 鲁迅对“天命”“公理”的批判,是一种从具体历史事实出发并展开的文化批判,包含着对中国知识分子中“公理论者”的批判,包含着对某些知识分子拜服于强权并为之鼓吹的批判。在胡适身上,鲁迅恰恰看到了以上元素。

这需要再次回到杂文《关于中国的两三件事》,这篇文章对于理解《采薇》至关重要,两个文本之间有着非常密切的互文性。杂文第一部分是“关于中国的火”,从希腊神话中盗火的普洛美修斯与中国发现火的燧人氏讲起,说明中国

---

① 鲁迅:《我还不能“带住”》,《鲁迅全集》第3卷,第260页。
② 鲁迅:《马上支日记》,《鲁迅全集》第3卷,第346页。

的火神不是以上两者,而是受着祭祀的恶神,人们出于恐惧才加以敬畏。“现在是爆裂弹呀,烧夷弹呀之类的东西已经做出,……如果放火比先前放得大,那么,那人也就更加受尊敬,从远处看去,恰如救世主一样,而那火光,便令人以为是光明。”①这层意思,鲁迅几个月之前就曾在杂文《火》中加以论述,特别还指出了“火”和日本侵华的关系:“就有燃烧弹,硫磺弹,从飞机上面扔下来,像上海一二八的大火似的,够烧几天几晚。那才是伟大的光明呵。”②对于“火”“光明”的讽刺指向,应该与第二部分“关于中国的王道”、第三部分“关于中国的监狱”联系起来看。第二部分批评胡适“征服中国人的心”的不当言论,前面已经提及。第三部分“关于中国的监狱”,嘲讽、批判那些美化国民党监狱之“人道主义”的官员和知识分子。看起来关于“监狱”的批评跟胡适无关,实际上大有关系。早于此文一年写的杂文《“光明所到……”》中,鲁迅已经就此事点名批评了胡适。1932 年,宋庆龄等人发起组织了“中国民权保障同盟”,次年 2 月,宋庆龄以该同盟“全国执行委员会”名义在外国报刊发表了一封反映北平监狱存在酷刑的信件。作为中国民权保障同盟北平执行委员会的主席,胡适曾亲自看过几个监狱,调查“人权”现状,他在控诉信发表之后,公开否认狱中存在严刑拷

① 鲁迅:《关于中国的两三件事》,《鲁迅全集》第 6 卷,第 9 页。

② 鲁迅:《火》,《鲁迅全集》第 4 卷,第 618 页。

打，认为那封信是伪造的，显然是与宋庆龄等人唱对台戏。因为胡适作为会员“在报章攻击同盟”而不肯“公开更正”，同盟就要求胡适“自由出会”，等于开除了他。[①] 鲁迅用胡适自己的话来讽刺他，“他就是‘光明’，所以‘光明’所到，‘黑暗’就‘自消’了”。[②] 在鲁迅笔下，胡适对外惧怕侵略者的“火”而以“火神”拜之，对内则以“光明”自居，无视“黑暗”，同时却又摆出“不迷信成见”、坚持法治的高姿态，正是“正人君子”的一贯作风。

其实，把令人恐惧的“火”供奉为光明进而以光明自居，倒不自胡适始。以火神来代表光明，发表“光明战胜黑暗”的“公理战胜”论是蔡元培等一批中国现代知识分子所共享的“真理”，也是鲁迅一以贯之批判的对象。

一战时，中国加入了协约国，之后协约国战胜同盟国，国内知识界沉浸在“公理战胜强权”的错觉之中。1918 年 11 月 11 日，协约国与德国签订休战条约。11 月 14 日，北京的学校即放假三天庆祝协约国胜利。11 月 15、16 日，北京大学在天安门举行面向群众的演讲大会，蔡元培、陈独秀、李大

---

① 《宋庆龄、蔡元培致胡适》(1933 年 2 月 28 日，电)，《胡适来往书信选(中册)》，第 193 页，北京：中华书局，1979 年。关于人权保障同盟开除胡适一事，有论者为胡适辩护，认为其质疑是合理的，但据《胡适往来书信选》来看，书中存有好几封不同署名的信件，都明确控诉监狱的酷刑并提供证据，并且有的直接来自胡适所考察过、鲁迅在杂文中也提及的“反省院”。参见王锡荣《宋庆龄冤枉胡适？》，《中华读书报》2004 年 2 月 11 日。

② 鲁迅：《“光明所到……”》，《鲁迅全集》第 5 卷，第 70 页。

钊、胡适、陶孟和、马寅初等人轮流登台演讲，鼓吹“公理战胜强权”。11 月 28 日，国民政府召开庆祝大会，并举行盛大阅兵式。在庆祝大会上，蔡元培发表了题为《黑暗与光明的消长》的演讲，他用波斯拜火教中光明之神与黑暗之神的争斗来比拟协约国与德国之战，宣称协约国之胜，“定把国际间一切不平等的黑暗主义都消灭了，别用光明主义来代他”。[1]蔡元培指出，黑暗主义，就是强权论、阴谋派、武端主义、种族偏见；光明主义，就是互助论、正义派、平民主义、大同主义。在这个层面上，小丙君的“天命”说或许也折射出 1918 年蔡元培的“光明战胜黑暗”说。

对于国内言论界鼓吹“公理战胜”，对于辛丑条约之后被迫树立的象征耻辱的克林德碑被改名为“公理战胜”碑，鲁迅一再批评。他指出：“正义，人道，公理之类的话，又要满天飞舞了。但我们记得，欧洲大战时候，飞舞过一回的，骗得我们的许多苦工，到前线去替它们死，接着是在北京的中央公园里竖了一块无耻的，愚不可及的‘公理战胜’的牌坊（但后来又改掉了）。现在怎样？‘公理’在那里？这事还不过十六年，我们记得的。帝国主义和我们，除了它的奴才之外，那一样利害不和我们正相反？”[2]鲁迅将竖着“公理”“正义”

---

① 蔡元培：《黑暗与光明的消长——在北京天安门举行庆祝协约国胜利大会上的演说词》，1918 年 11 月 27 日《北京大学日刊》第 260 号。

② 鲁迅：《我们不再受骗了》，《鲁迅全集》第 4 卷，第 440 页。

大旗的胜利者与鸷禽猛兽相比,认为前者的凶残更胜一筹:"鸷禽猛兽以较弱的动物为饵,不妨说是凶残的罢,但它们从来就没有竖过'公理''正义'的旗子,使牺牲者直到被吃的时候为止,还是一味佩服赞叹它们。"①十几年后,鲁迅在《我们不再受骗了》一文再提"公理战胜碑",干脆冠之以"无耻""愚不可及"的修饰词,可见其痛心疾首。

对"公理战胜"的讽刺,正是鲁迅对于以武力战胜却标榜"公理"的现代国际政治之揭发,批判的重心在于某些中国知识分子缺乏真正的独立见解,思维方式简单化,拜服于威权、功利之下。《关于中国的两三件事》中看似互不相关的"火""王道""监狱",其实都在指向知识分子对威权的臣服,并以一种振振有辞的方式为这种臣服找到冠冕堂皇的理据,正如小丙君之流(以及在塑造这个人物时取材的现代知识分子),在成为"帮闲文人"时还以"天命""公理"的代言人自居。同时,鲁迅对"天命""公理"的批判方式,不仅仅在于功利主义的批判,更体现了对于"现代性"逻辑的警惕与反思,这也是鲁迅《关于知识阶级》中知识阶级批判的进一步延续与深化。

在蔡元培、胡适等人为协约国的胜利欢呼,"公理战胜"之声甚嚣尘上之时,鲁迅这样形容此种"公理战胜强权"的

---

① 鲁迅:《狗·猫·鼠》,《鲁迅全集》第2卷,第239页。

论调:“但最奇怪的,是七年十月下半,忽有许多经验家,理想经验双全家,经验理想未定家,都说公理战胜了强权;还向公理颂扬了一番,客气了一顿。这事不但溢出了经验的范围,而且又添上一个理字排行的厌物。”①所谓“经验家”,指向了胡适之类学者?所谓“理想家”,指向陈独秀等人?“理想经验双全家”,是不是蔡元培等人?“公理”既然是“又添上的”,所谓“理字排行的厌物”,按图索骥,不难上溯到儒家学说中“天理”“义理”之类重要命意。

周武王的“天罚”、小丙君的“天命”都指向“天理”,在鲁迅这里,和“公理”论者的“公理”是属于同类性质的,同属于“理字排行的厌物”。鲁迅将“公理”与“天理”“天命”联系起来批判,其理路显然与章太炎的“公理”批判有内在关联。在章太炎那里,“公理”代表着现代价值来源和现代性知识体系,在这个意义上,现代的“公理”与古代的“天命”“名分”异曲同工。在《四惑论》中,章太炎说:“昔者以为神圣不可干者,曰名分。今人以为神圣不可干者,一曰公理,二曰进化,三曰惟物,四曰自然。有如其实而强施者,有非其实而谬托者。要之,皆眩惑失情,不由诚谛。”②可以看到,章太炎批判“名分”“公理”的“不由诚谛”“或强施”“或缪托”。这与鲁迅的“公理”批判中反“虚伪”、反“做戏”是一致的。

---

① 鲁迅:《随感录三十九》,《鲁迅全集》第1卷,第335页。

② 章太炎:《四惑论》,《章太炎全集·太炎文录初编》,第468、469页,上海:上海人民出版社,2014年。

有意思的是,内里藏着“私”的“王道”“天命”“天理”“公理”恰恰在压迫真正的“个人”。汪晖指出,章太炎对“公理”的批判在于,“公理”不是物的本性,而是人的创制——不是人类的共识,而是个人的学说。因此,“‘公理’的创制过程并不是‘公’的展现,而是‘私’的曲折的表象”。① 章太炎将“公理”视为束缚个人的集体性观念:“若其以世界为本根,以陵藉个人之自主,其束缚人亦与言天理者相若。……其所谓公,非以众所同认为公,而以己之学说所趋为公。然则天理之束缚人,甚于法律;而公理之束缚人,又几甚于天理矣。”②“以己之学说所趋为公”,这正可以在鲁迅所论以“公理”“大义”责人、动辄批评别人“党同伐异”的“公理论者”身上验证无误。而《采薇》中小丙君无疑是后世“公理论者”的祖师,其“转向”之迅速无碍,其“天命”论调之冠冕堂皇,其责人之“大义凛然”,看起来漂亮,说起来动听,但内里不过一个“私”字。至于讽刺武王的“天罚”与“王道”,也隐藏着黄宗羲《原君》中对君王“以我之大私为天下之大公”的批判,而这一点也是章太炎曾大加赞扬的(黄当然没有批评周武王还表彰他勇于伐纣的“革命”性,但他“原君”的理路依然可以用在武王身上)。

在此意义上,现代知识分子的“公理战胜”“光明战胜黑

---

① 汪晖:《现代中国思想的兴起》(下),第1032页,北京:生活·读书·新知三联书店,2004年。

② 章太炎:《四惑论》,《章太炎全集·太炎文录初编》,第469页。

暗”,这些似乎正确性不容置疑的现代观念,其实其理路与周武王的“天罚”、小丙君的“天命有归”云云具有内在一致性,从“天命”“天理”到“公理”,听起来堂而皇之,奉行的都是“以理压人”的逻辑,正如戴震对宋儒“以理杀人”的批评,无怪乎鲁迅将此逻辑命名为“理字排行的厌物”。同样,鲁迅也好,章太炎也好,戴震也好,反对的重点其实不是“理”,而是“理”以“公”的名义来强加于个人的强迫性。从周武王、小丙君一直说到胡适、蔡元培,看起来已经走得太远,但是只有联系到鲁迅杂文中对这类现代知识分子“公理”观的一贯批判,我们才能更清楚地认识《采薇》中“王道”“天命”所包含的历史批判与现实讽喻。

三、《起死》与道家批判

1. 从小说中的道士与道家说起

鲁迅曾说“中国的根柢全在道教”,①《故事新编》中有四篇小说涉及道教/道家,即起首两篇《补天》《奔月》和最后两篇《出关》《起死》。在总共收录八篇小说的集子中,这已经占了相当比重。前两篇小说出现了作为小说配角的道士形象。《补天》中女娲在“天崩地塌”的声音中醒来,首先看到的就是呕吐出“金玉的粉末”的白胡子道士。《奔月》里羿家中藏的仙药是道士送的。《出关》《起死》的主角则分别是道家祖师老子和庄子。

① 鲁迅:《180820 致许寿裳》,《鲁迅全集》第 11 卷,第 365 页,北京:人民文学出版社,2005 年。

对于希图长生而求仙炼药的道士,鲁迅一向多有讽刺。他曾引用道士让父亲假扮自己的儿子来装神弄鬼、标榜本人有长生不老之术的笑谈,[①]又说,“说佛法的和尚,卖仙药的道士,将来都与白骨是‘一丘之貉’”。[②] 对于老子,鲁迅虽然肯定他理想高妙,但对于老子思想之“退婴主义”立场是不能认同的,[③]小说《出关》将老子塑造成“空谈家”,送他出了函谷关。《起死》中庄子走在赴楚王之约的中途,身穿道袍,口述哲理,显然这个形象较为复杂,身上兼有道教和道家的成分。

道教与道家自然是不同的,然而两者关系至为密切。刘勰有“道家三品”说:“上标老子,次述神仙,下袭张陵。”北周道安《二教论》也沿袭这三品之分:“一者老子无为,二者神仙饵服,三者符箓禁厌。”[④]许地山认为这三品分法可以说明道家与道教的分别与联系。老庄思想即道家,神仙与符箓即

---

① 鲁迅:《准风月谈·青年与老子》,《鲁迅全集》第5卷,第399页,北京:人民文学出版社,2005年。

② 鲁迅:《华盖集·导师》,《鲁迅全集》第3卷,第58页,北京:人民文学出版社,2005年。

③ 关于“退婴主义”,《集外集拾遗·〈新俄画选〉小引》:“慕古必不免于退婴。”(《鲁迅全集》第7卷,第361页)《集外集拾遗·〈梅斐尔德木刻士敏土之图〉序言》:“他以为在这书中,有两种社会底要素在相克,就是建设的要素和退婴,散漫,过去的颓唐的力。”(《鲁迅全集》第7册,第381页)《坟·坚壁清野主义》:“其实,‘坚壁清野’虽然是兵家的一法,但这究竟是退守,不是进攻。或者就因为这一点,适与一般人的退婴主义相称,于是见得志同道合的罢。”(《鲁迅全集》第1册,第274页)

④ 许地山:《道教史》,第5、6页,北京:北京大学出版社,2009年。

道教，然而张陵也祖述老子，主张无为自然，方法则是依着符箓章醮来消灾升仙。在这个意义上，我们可以看到《故事新编》于这“道之三品”皆有涉及：《补天》中见了女娲呼求救命、乞求仙药、自称“学仙”的老道士，《奔月》中送羿仙药的道士，近于“中品神仙饵服”；《出关》中西出函谷关的老子，自然针对的是“上品无为自然”；《起死》中道士装扮的庄子显然复杂一些，他既有“上品”道家祖师之一面，又有口不离“太上老君急急如律令”的“下品符箓章醮”之一面。

此外，《起死》中庄子念念不忘楚王之约，又能吹响警笛，从而得“隐士局长”手下巡士的帮忙，令人想起鲁迅曾批判国人对于宗教信仰的“吃教”态度。这“吃教”的层面，固然和刘勰上述“道之三品”说无关，倒和刘勰颇有关系。《吃教》一文中，鲁迅对于中国人尤其是中国知识分子的宗教观展开批判，正是从“梦随孔子”后来做了和尚的刘勰说起。所谓“吃教”，鲁迅又称之为“无特操”：“三教辩论”变成“大家打诨”，名儒可以做迦蓝碑文，宋儒可以窃取禅宗语录，清儒可以手捧《太上感应篇》。在鲁迅看来，中国儒释道的信者对于所信的“教”，往往采取“吃”的态度，其实毋宁是一种功利主义、理性主义的态度。鲁迅将同时代那些在杂志上提出种种“主张”的人，也归为同类。“主张”，并非出自信仰，更多的仅仅是为了自己行事便宜而取的“说法”。

《起死》无疑包含了多重主题，道教/道家批判显然是其中最重要的一个。那么，《起死》的道教/道家批判具体指向何在？是道士的“符箓章醮”，是庄子“此亦一是非，彼亦一是非”的相对主义，还是“吃教”式的功利主义的“无特操”？如果这些都在被讽刺、被批判之列，那么这些问题之间存在着怎样的关系，有无内在关联？如果仅就《起死》小说文本加以发挥，已经有很多论者的各自成说。但我们记得鲁迅《故事新编·序言》强调，“博考文献，言必有据”要高于“只取一点因由，随意点染”，①那么就理解小说《起死》而言，参照前文本去阅读，绝对不会是可有可无的了。仔细对照《起死》的前文本重读小说，会发现鲁迅对前文本做了非常重要的改变，这些独创恰恰隐藏着他最基本的立场和判断。这就要从《起死》故事的叙事渊源开始讲起。

2.《起死》的叙事渊源

《起死》的情节设置和文体风格很有意思。小说的形式近于戏剧体，可以分为三个部分。第一部分是“庄子遇髑髅，为复生髑髅而分别与鬼魂、司命大神论辩”，第二部分是“庄子与起死回生的汉子论辩”，第三部分是“巡士为庄子解围，继而汉子与巡士纠缠不休”。

《起死》的出典一般追溯到《庄子·至乐》中“庄子遇髑

---

① 鲁迅：《故事新编·序言》，《鲁迅全集》第2卷，第354页，北京：人民文学出版社，2005年。

髅”的寓言。《至乐》篇中庄子与髑髅的问对，庄子关心的是髑髅的死因，提出贪生失理、亡国之事、斧钺之诛、不善之行、冻馁之患这几种可能，髑髅则在梦中对庄子发出生有劳苦、死有至乐的回应。“庄子遇髑髅”关涉着生死有无的人生终极问题，在中国文学史上曾经被反复重写，诗赋、戏剧、散曲、道情、话本都有涉及这一题材的作品。

就诗赋而言，汉代张衡《髑髅赋》开创了一个非常有趣的主题，身后屡有回响，比如魏晋时期曹植写过《髑髅说》、吕安写过《髑髅赋》，金代赵秉文也写过《攓蓬赋》。张衡《髑髅赋》将“庄子遇髑髅”改写成“张平子遇髑髅”，张平子的感叹一如《至乐》篇的庄子，更有意思的是，髑髅开口竟然透露出自己正是庄子本人。张衡的铺叙，依然是庄子“齐彭殇、一生死”的齐物论，用“合体自然”来寻求个人的精神解脱。曹植《髑髅说》说的是“曹子游乎陂塘之滨，步乎蓁秽之薮”，见髑髅而发问，问题与《至乐》篇庄子、《髑髅赋》张平子的发问大体相同，髑髅的回答也几无二致。吕安、赵秉文等人也是同样思路铺排成文，一唱三叹。可以说，“髑髅赋”就是庄子齐物论思想一个最典型的寓言表述，特别为中国知识分子尤其是动荡时代的知识分子所青睐。

回到小说《起死》，第一部分正是对《至乐》篇“庄子遇髑髅”寓言的重写，可以看到，在这次重写之前，中国文学史上已经有了一唱三叹的“髑髅赋”之重写系列，而这一重写主题始终围绕着“道之上品”——庄子的生死哲学。

小说《起死》第二、三部分将“庄子遇髑髅”的故事发展下去,其前文本则是王应遴杂剧《逍遥游》(又题《衍庄新调》)为代表的“叹骷髅”戏。“叹骷髅”是一个覆盖了多时代、多戏剧种类的戏剧主题,在元明杂剧传奇中尤其突出,比如元代李寿卿的杂剧《叹骷髅》、明代王应遴的杂剧《逍遥游》、明代谢国和陈一球分别著作的两本《蝴蝶梦》传奇都包含了“庄子叹骷髅”的情节。另外,明传奇《皮囊记》散出《周庄子叹骷髅》、《西子记》散出《庄子因骷髅叹世》的故事与王应遴杂剧的情节也非常相似。① 李寿卿的杂剧《叹骷髅》已亡佚,只留有猜测是第一折的散出,剧情不可考。谢国和陈一球分别创作的《蝴蝶梦》传奇都包含了“叹骷髅”的情节,不过在两部传奇中庄子都是被度脱者,前者是长桑公子设计“骷髅入梦”来度化庄子,后者是太上老君命尹喜化为骷髅度化庄子。这两部传奇采取的都是“庄子被度”的叙事模式。

王应遴《逍遥游》采用了“庄子以骷髅度人”的叙事模式。杂剧《逍遥游》讲述庄子度化淮安府盐城县尹梁栋的过程。剧中庄子“慈悲为本,度世为心”,带着道童去度脱梁栋,“超他苦海”。路上,道童捡到口中含着一文钱的一个骷

---

① 《周庄子叹骷髅》,《摘锦奇音》标注为《皮囊记》散出(《善本戏剧丛刊03·摘锦奇音》,第161页,台湾学生书局,1984)。《庄子因骷髅叹世》,《乐府万象新》标注为“时尚新调”,版心为《西子记》(《乐府万象新》,[俄]李福清:《海外孤本晚明戏剧选集三种》,上海:上海古籍出版社,1993年)。

髅,并且为了这一文钱要把骷髅打破。庄子阻止道童,将骷髅起死回生。骷髅复生的汉子原来是贩金珠的福建人武贞,他醒来反诬庄子与道童强抢了他的包裹雨伞。县尹梁栋升堂断案,庄子陈述前情,并当堂演示,使汉子复还骷髅。梁栋由此悟道,"一刀斩断,万法俱空",情愿弃官出家,拜庄子为师。曾经"名根"太重的梁栋,还进一步点化道童,使道童明白"利"字的虚妄,由此,"二人从名利窠臼中超拔出来"。[①]《周庄子叹骷髅》的故事与此相近,主线也是庄子度化县主,只是少了道童一角,断案的县主也姓梁,而还魂的汉子则是襄阳人张聪。《庄子因骷髅叹世》的故事也是如此,只是没有标明县主姓名。可以看出,《起死》的情节设置和《逍遥游》有很强的对应性。《逍遥游》收入《盛明杂剧》,该书在鲁迅藏书中赫然有列,他应该是读过的。[②] 此杂剧又收入《王应遴杂集》第五册,题为《衍庄新调》。

"庄子叹骷髅"是元明时期很典型的一个道家度脱剧模式。[③]《至乐》篇庄子在梦中与髑髅的论辩,髑髅"生有劳苦,死有至乐"的宣称,其实体现的仍是"齐彭殇,一死生"的庄

① 王应遴:《逍遥游》,[明]沈泰编:《四库家藏盛明杂剧》(二),第607—617页,济南:山东画报出版社,2004年。

② 北京鲁迅博物馆编:《鲁迅手迹和藏书目录》(内部资料),第59页,1957年。

③ 幺书仪:《元人杂剧与元代社会》(北京大学出版社1998年,第3页):"相当一部分杂剧中所反映的宗教现象以及宗教观念,涉及了有关佛教、道家的内容。由于这部分作品大体上都是描绘凡人皈依佛道的'度脱'过程,因此习惯上把它们称为'度脱剧'。"

子“齐物论”之主旨。度脱剧中“叹髑髅”戏当然也涉及生死问题,不过这些戏的核心情节不外乎“庄子度人”或者“庄子被度”,主题都是用“髑髅复生”之类的幻术“点化某人”,使之得道升仙。可以说,“叹骷髅”的度脱剧体现的恰恰是道教的度脱成仙之观念,对应着“道之三品”的中品与下品。

如果说《起死》第一部分庄子遇鬼魂、司命的情节与主旨对应着“道之上品”的庄子哲学(注意,《起死》叙事中用的是《至乐》篇和“髑髅赋”所用的“髑髅”一词,而不是度脱剧用的“骷髅”一词),那么,《起死》中庄子复活髑髅之后的情节和王应遴杂剧《逍遥游》有着更明显的延续性。对照两个文本,《起死》与《逍遥游》的人物关系构成有趣的对应。《逍遥游》共有四个人物,《起死》的庄子、由髑髅复活的杨大、巡士及其口中的隐士局长,分别对应着《逍遥游》中的庄子、由骷髅复活的商人武贞、县尹梁栋。《逍遥游》中道童的形象不见于《起死》,而《起死》多出了鬼魂与司命的形象。这些人物形象的取舍、变化显然极为密切地关涉着《起死》的主旨。

读者可以很容易看出,《起死》改变了《逍遥游》中庄子成功利用骷髅幻术度化了县尹的主要情节的走向,小说中庄子奈何不了复活的杨大,反而靠隐士局长手下的巡士才脱离被杨大纠缠的困境。显然,《起死》的改写不认可道教度脱剧的度化成仙观念,不过,很难说批判道教的度脱观念就是《起死》的主旨,小说的核心情节完全脱离“度脱”叙事,而是满口“哲理”的庄子与起死回生的汉子就生死有无大小之分的“论辩”。换句话说，小说《起死》中的庄子脱离了多数道教度脱剧中的度人者或被度者模式，反而针对的是道教所祖述的庄子哲学。而在这一点上，《起死》和王应遴《逍遥游》是一致的。

就上述两本《蝴蝶梦》传奇中“叹骷髅”的情节而言，道教的度脱成仙是其核心主旨，但是王应遴《逍遥游》和其他庄子度脱剧不太一样，他弱化了道教度脱成仙的元素，突出了庄子、道童、县尹对俗世种种怪相的抨击，增加了三人就生死名利问题展开的问对，问对不仅没有宣扬道教的逍遥成仙观念，反而突出道家思想的局限，直接以儒佛观念来补其不足不周之处，最后得出“释道与儒门总归一理”的结论。从这个角度看，王应遴其实是重写并改造了庄子度脱剧的主题。不过，就王应遴的创作过程来看，他直接取法并加以改造的其实是“庄子叹骷髅”道情。

度脱剧的形成与全真派关系很大，而以唱“道情”来劝人出家修行也自全真派开始盛行，[①]“叹骷髅”也是一个非常重要的道情曲目。“叹骷髅”道情的道教色彩比“叹骷髅”的庄子度脱剧更浓厚，后者作为一种戏剧形式具有更强的世俗性。唱“道情”本是道士传道和募化的重要手段，而全真教

---

① 车锡伦：《“道情”考》，《戏曲研究》第70辑，北京：文化艺术出版社，2006年。

创始人王重阳就曾用“骷髅观”来度化马钰并赠骷髅诗,道教的“叹骷髅”科仪也一直延续至今。可以说,叙事道情就是一种道教的“俗讲”。清代丁耀亢的小说《续金瓶梅》完整收录了一篇说唱道情“庄子叹骷髅”,与王应遴《逍遥游》杂剧的情节大致相同,只是结尾县官要拜庄子为师,庄子却“化清风而去”。鲁迅读过这本小说,《中国小说史略》对丁耀亢这部作品曾加以评说。而王应遴恰恰是读了明代舜逸山人杜蕙编的“庄子叹骷髅”叙事道情而感到不满意,这才创作了杂剧。①

杜蕙《新编增补评林庄子叹骷髅南北词曲》讲的是,得道的庄子带道童下山,以骷髅幻术度脱盐城县尹梁栋。主要情节也是庄子使骷髅复生之后,复活的商人武贵(王应遴在杂剧中改名为武贞)恩将仇报,反而诬告庄子夺财害命,终于被庄子又施法术变回骷髅。和杂剧相比,《庄子叹骷髅南北词曲》起首极力渲染得道长生的庄子“仙境清闲绝尘埃”的生活,中间“叹骷髅”部分更是铺陈男女老幼、忠奸善恶最终都不免化为骷髅的俗世迷津,结尾又让庄子对幡然悟道的县主继续深入说法,切断其任何心意回转向俗的可能。这些都

---

①　“散步街衢,得舜逸山人《骷髅叹》寓目焉。讶然曰:庄之为庄,全在变化神奇,不可端倪,顾为是铢铢之称、寸寸之度耶?因就肩舆中腹稿,尽窜原文,独摛新调。”王应遴:《自题衍庄新调》,收入《王应遴杂集》,日本国立公文书馆藏(索书号:369－0060),刻本,五册。转引自王宣标《明王应遴原刻本衍庄新调杂剧考》,《文化遗产》2012年第4期。

不见于王应遴杂剧《逍遥游》。《逍遥游》沿袭了杜蕙叙事道情《庄子叹骷髅南北词曲》的主要情节，但是命意却变了，王应遴不满叙事道情对庄子的理解，于是"尽窜原文，独摛新调"。《逍遥游》完全舍去了杜蕙道情占了大半篇幅的宣扬成仙得道如何逍遥自在、恫吓困于红尘世俗如何难得解脱的辞章，而将道情的"度脱"主旨变为"化俗"。

收入《王应遴杂集》的《衍庄新调》，比《盛明杂剧》所收《逍遥游》多了卷首《衍庄新调引》《自题衍庄新调》《凡例八则》。《凡例八则》第一则这样阐述创作主旨："是编意专化俗，不特于名利明规。而插科打诨处多所讥刺，真令人颡泚面赭，顾世不乏嫌丑恶镜者，倘以此罪我，勿辞也。"①的确，《逍遥游》中庄子、道童、县尹对现实种种皆有愤世嫉俗的讽刺，和叙事道情只为打破"名利明规"很不相同。有意思的是，"插科打诨处多所讥刺"恰恰也是《起死》的特点。而王应遴以杂剧来"化俗"的创作动机，与《起死》展开的以国民性批判为指归的道教/道家批判也有着非常密切的内在关系。

3. "恶境头"

庄子请司命将髑髅起死回生的情节，在《庄子·至乐》

---

① 转引自王宣标：《明王应遴原刻本衍庄新调杂剧考》，《文化遗产》2012 年第 4 期。

篇中只是庄子向髑髅的提议:“吾使司命复生子形,为子骨肉肌肤,反子父母妻子闾里知识,子欲之乎?”结果髑髅断然拒绝:“吾安能弃南面王乐而为人间之劳乎!”而《起死》延续了自“庄子叹骷髅”衍生而来的髑髅复生叙事模式。考察庄子度脱剧和叙事道情的情节设置,《起死》描写髑髅复生后一系列反应的叙事逻辑最接近王应遴《逍遥游》。

在度脱剧中,被度人往往要经历一系列常人难以接受的恐怖极端困境,这种困境多以梦境、幻象的方式呈现,最终,被度人在绝境中得以顿悟。这就构成了度脱剧中非常重要的“恶境头”。

马致远是现存创作度脱剧最多的作家,他也最爱使用“恶境头”模式,在《马丹阳三度任风子》一剧第二折,他借剧中度人者马丹阳之口直接提到了“恶境头”一说。① 杂剧《任风子》中,被度人任风子经历了幻觉中被砍头的“恶境头”,果然情愿跟马丹阳出家。可是,马丹阳告诉他,出家还要抛弃妻子,还要十戒,经过修行、试炼。于是,当任风子妻子来寻他回家时,他断然休妻。妻子用孩子来打动他,他干脆就把孩子摔死了。至此,马丹阳才说:“此人省悟了。菜园中摔死了幼子,休弃了娇妻,功行降至。”可是试炼仍未完成,还要

---

① “果然这任屠杀生太众,性如烈火,如今要杀贫道,或白昼而来,或黑夜而至,可用俺神通秘法点化此人。诉说:‘能化一罗刹,莫度十七斜。’我教他眼前见些恶境头,然后点化此人。”(马致远:《马丹阳三度任风子》,傅丽英、马恒君校注:《马致远全集校注》,第177页,北京:语文出版社,2002年。)

继续。于是,十年后,被摔死的孩子魂魄来找任风子索命。任风子一味强忍,“咬着牙又吃你这杀人刀”。在这性命交关时刻,马丹阳出现,喝问任屠“省也么”,任风子这才渡完“恶境头”,功成圆满。史九敬先《老庄周一枕蝴蝶梦》是一部“庄子被度”叙事的庄子度脱剧(其中没有“叹骷髅”情节),其中也有类似“恶境头”,比如第四折中太白金星化作李府尹将“家私房屋人口”托付庄周,又将其幻化消失,再去找庄周讨要。

在叙事道情中,“庄子叹骷髅”的故事都采取了“道教神仙庄子以骷髅幻术来度化县尹”的情节模式,即庄子是度人者。在这个叙事模式中,骷髅复生是确有其事,乃是庄子无边法术所赐,但复生者却恩将仇报,向庄子讨要包裹雨伞金银,是个不折不扣的恶人,于是庄子又将其变回了骷髅原貌。① 杜蕙《庄子叹骷髅南北词曲》描述骷髅复生为福州商人武贵,开眼望见庄子马上道谢“师父救我成人”,“只是赤身难以相见”,“庄子连忙脱下贴里小衣”给了他。然而武贵刚刚谢完“师父度我成人”,马上就翻脸索要包伞,不给就去县里告状。在梁县主审案期间,武贵一口否认自己被救,对于庄子的“骷髅复生”说法嗤之以鼻,却说“死者不可复生,枯骨何能再活”,咬定自己是被道人打劫了金银包伞。② 总

---

① 《周庄子叹骷髅》也采用这一情节,复生者是襄阳人张聪。

② [明]杜蕙编:《新编增补评林庄子叹骷髅南北词曲》,东京大学东洋文化研究院藏。

之,这是一个才得重生便使奸心的恶人。因此,善心救活他的庄子再次施法术让他复归原形,也就是顺理成章的事了。

王应遴《逍遥游》对“庄子叹骷髅”叙事做了很多理性化的改写,但依然保留了骷髅复生复死的“恶境头”。

杂剧《逍遥游》的情节设置比较接近叙事道情,但是对髑髅复生的商人形象作了较大改变。王应遴《逍遥游》中庄周能够“设法显神通”,使骷髅还魂,汉子武贞甫一还阳,立刻夺去道童手里的包裹雨伞,大喊有贼,并且告到县堂。[①]在《逍遥游》的叙事逻辑里,髑髅复生的商人武贞讨要包裹雨伞的行为不再是忘恩负义的恶人行径,只不过是他对自己境遇的一种自然反应罢了,他并不相信自己是死而复生的,只当是被打昏了。细究起来,自然是王应遴描写髑髅复生之后的描写更合常理。但由此也引发了另一个问题,如果复生者不是恶人,庄子就缺少了将其复归骷髅的道德基础。

为了解决这一问题,王应遴干脆把骷髅复生是否确有其事悬置起来,以幻术视之。《逍遥游》中庄子作出“骷髅变化”之后,与县尹、道童三人有一番关于名利生死的长篇论辩。庄子先是“发挥名利二字之义”,县尹则进一步追究:“这番议论,皆因这个骷髅起。不知这骷髅是男是女?作何

① 《庄子因骷髅叹世》杂剧和丁耀亢《续金瓶梅》中引述的“庄子叹骷髅”道情,情节与此大致相同,都没有花笔墨在庄周与汉子的争执上。这当然是因为这三个故事的核心都是“庄周度化县尹/县主”,骷髅/汉子只是度化的工具。

生业？究竟如何？”于是，庄子干脆利落地把自己的手段归为空而又空的幻术：“骷髅生业男女，世本叹骷髅的都已说尽了。若论他的究竟，适才夺包裹雨伞的事，是我要点化你二人做出来的伎俩。若论这骷髅，生前是为善的，此时定生天去了。是为恶的，此时定在地狱这受苦！我那里知道他。”①在王应遴杂剧里，骷髅复生又复归原形，这只是庄子的伎俩，一番极玄虚的幻术只是为了引导梁县尹悟道。

可以看到，王应遴《逍遥游》对于道教度脱的“恶境头”作了某种转向。首先，“恶境头”的场景明显理性化了，其中人物行为逻辑依然是合理的，起死回生的商人武贞只是由于无知才向庄子抢夺包裹雨伞并且把他告上县衙。其次，武贞既然不再是忘恩负义的小人，那么庄子把武贞变回骷髅就缺少了道德合理性，因此，庄子后来向县尹梁栋说明骷髅变化只是“做出来的伎俩”。其实，当“恶境头”内部的场景变得合理时，已经削弱甚至改变了度脱剧和道情浓厚的宗教意味，而随后付之于“伎俩”的解释，则进一步弱化、消解了“恶境头”本身的宗教威吓的命意。

王应遴对于传统度脱剧和叙事道情的“恶境头”作了一定程度的转向，不过，他依然保持了骷髅变化的“恶境头”能

① 王应遴：《逍遥游》，[明]沈泰编：《四库家藏盛明杂剧》(二)，第616页。

够使县主启悟的基本叙事模式。但是,到了鲁迅的《起死》,“恶境头”再次转向:庄子本人其实是无法左右“髑髅”的,他只能通过他的哲理来说服杨大,髑髅变化的“恶境头”,不再像《逍遥游》一样指向梁县尹,反而调转方向指向了庄子。从某种角度来说,《起死》中庄子的困窘也就类似于度脱剧中的“恶境头”。

可以看出,《起死》延续了《逍遥游》不把复生者定义为恶人的叙事逻辑,小说中杨家庄的杨大杨必恭完全不相信自己已经死了五百年,他只觉得刚刚昏过去睡了一觉。杨大不是恶人,当然也算不得善人,毋宁说是个直肠子,衣服包裹雨伞没了,“这里只有你,我当然问你要”。这和王应遴《逍遥游》的武贞的逻辑是一样的。

髑髅复生之后,《起死》的情节完全脱离了杂剧《逍遥游》等庄子度脱剧和叙事道情的窠臼,庄子完全被杨大缠住了,他甚至无法再请出司命大神来施展神通,也就不能将杨大变回髑髅。于是,《逍遥游》中庄子施展的极玄虚的幻术,在《起死》中变成了极真实的困境,庄子既不能用“哲理”来说服杨大,也不能解决他的衣服、包裹、雨伞等极现实的问题。可以看到,比起《逍遥游》中庄子施法术之前让道童脱了道袍盖住骷髅,比起杜蕙叙事道情中庄子脱了自己的小衣付与复生的汉子,《起死》中的庄子不仅不肯借,“不穿袍子不行,脱了小衫,光穿一件袍子,也不行”,还要骂杨大“专管自己的衣服,真是一个彻底的利己主义者”。

《逍遥游》中睿智超脱的庄子以髑髅复生复死的“恶境头”幻术来度脱俗世中人，在《起死》中庄子却自己遭遇了真实的“恶境头”。当庄子的“齐物论”哲理面对只认目下现实的杨大时，只能全盘崩溃：讲大小齐一吧，可是杨大说了一堆小事，庄子也无法判断出他生活的时代，只有等杨大说出建鹿台这样的大事，庄子才判定他是生于商纣王时代的人；讲有无齐一吧，可是杨大要庄子借给他衣服，庄子却说自己不能少身上任何一件；讲死生齐一吧，可是他既不能自己使髑髅复生，也不能自己让杨大变回髑髅，他其实是于生死皆无可奈何。

王应遴为何要对“庄子叹骷髅”度脱叙事的“恶境头”作转向的改写？可以从杂剧《逍遥游》后半部分庄子与梁栋、道童的问对中找到答案。《逍遥游》中的庄子不仅不再一味夸耀自己成仙长生的逍遥自在，不再炫示自己实施骷髅变化的神奇，反而用一句简单“点化的伎俩”轻轻带过之后，开始为梁县尹分解“释道与儒门总归一理”，明确主张“但做心性工夫，三教岂分同异？”

的确，王应遴虽然多受道教浸润，但他是基于“三教合流”的观念来理解道教，他的立场依然是儒教的，他在朝廷从中书舍人做到礼部员外郎、最后在甲申年自杀殉节的经历，无不显示着他的儒生身份。马克斯·韦伯曾指出，儒家是一种适应世界的理性主义，“没有任何一种伦理，能够像激进的现世乐观主义的儒教体系那样,坚定不移地彻底消除现世同个人超现世的规定之间悲观的紧张关系”,①而“在任何情况下,从道教里都找不出通往理性的——不管是出世的还是入世的——生活方式论之路,相反,道教的巫术只能成为产生这种方法论的严重障碍之一”,②还是颇有几分道理的。从这一点看,也就可以理解王应遴为何对“恶境头”作了理性主义的改写。

这种理性主义在《起死》对庄子的刻画中有着微妙的呼应。小说《起死》中庄子与汉子杨大的互骂是极有意味的。庄子骂汉子:“你这人真是不明道理!”“这不懂哲理的野蛮!”汉子则骂庄子:“你这贼骨头!你这强盗军师!”的确,庄子的“道理”“哲理”在汉子那里只是强盗逻辑、贼逻辑。比起叙事道情中宣扬修道成仙的庄子来,《起死》中满口“哲理”的庄子形象与王应遴《逍遥游》中主张“但做心性工夫”的庄子更为接近。王应遴《逍遥游》已经舍弃了叙事道情和其他庄子度脱剧的“度脱成仙”主题,换成了“心性工夫”,而庄子的“心性工夫”总还是要“化俗”“劝世”的;《起死》中,满口“哲理”的庄子却不过是要“谈谈闲天”,一言不合,就骂杨大“不明道理”“不懂哲理的野蛮”。

不仅善于论理,《起死》中的庄子还很有科学精神。他

---

① [德]马克斯·韦伯:《儒教与道教》,王容芬译,第287、256、229页,北京:商务印书馆,1995年。

② [德]马克斯·韦伯:《儒教与道教》,王容芬译,第256页。

要复活髑髅，与其说是出于怜悯和善意，倒不如说是好奇，要“和他谈谈闲天”。因此，杨大复活之后，庄子要考究他是什么时候的人，因何而死。庄子追问杨大活着时候的故事，终于判定他死于纣王时候。他接着“研究”杨大的死因，追问杨大“怎么睡着的”，终于判定他是遭了强盗的闷棍。庄子的推理看来无懈可击，他的推理逻辑很有“求真”的科学精神。然而，面对杨大赤条条一个光棍汉子的现实困境，庄子却毫不同情，连小衫也不肯借。

如前所述，王应遴《逍遥游》对“庄子叹骷髅”叙事作了很多理性化的改变，但保留了骷髅幻术的“恶境头”，因为只有从观念出发的“说理”是不够的，形而上的论辩不能达到启悟，必须有超越观念的、形象化的、动人心魄的直观“恶境头”才能使沉迷于尘世官场的梁县尹幡然悟道。可以说，杂剧《逍遥游》中的庄子，虽然于道家不够虔信，但仍拥有道教的幻术；虽然从“三教总归一理”上显出信仰的犹疑，但对于“心性工夫”还是真诚信仰的。小说《起死》中的庄子呢，似乎更具有“哲学”和“科学”的理性精神，但他走的却是攀附权贵之路——要去赴楚王之约，他最后摆脱杨大也是靠吹响警笛，唤来巡士。

如果说王应遴《逍遥游》的主旨是高蹈的“心性工夫”，那么小说《起死》恰恰是反其道而行之，“心性工夫”式的高妙哲理解决不了现实困境，现实问题只能在现实中加以解决。这是“恶境头”的第二次转向。于是，王应遴基于“心性工夫”展开的“化俗”叙事——点化梁县尹,在小说《起死》中转而变成了现实语境中对“吃教”的批判——形塑“隐士局长”。

4.“吃教”

小说《起死》中对应县尹角色的是庄子用警笛召来的巡士及其口中的局长。在杂剧《逍遥游》中,被度化者县尹启悟之前面临的“恶境头”是亲眼目睹庄子在大堂之上将活人变成髑髅。《起死》中,当巡士被庄子的警笛召来之后,庄子不仅不再施展法术显现异能以震慑他,甚至对汉子杨大的来历也语焉不详,只说自己救人反被缠住,然后赶紧亮出自己是“去见楚王的漆园吏”身份。巡士一听是自家局长所崇拜的人,果然帮忙卖力。巡士(以及他口中的局长)代表了世俗权势,何曾有出世之想?然而局长与巡士毕竟不同,局长不需要什么“恶境头”就能“悟道”(或曰做足“悟道”的姿态),原来这正是一位“官隐”——当局长的隐士。

如果说《起死》中对应县尹梁栋的角色就是庄子吹警笛喊来的巡士(以及巡士口中提到的局长),那么,巡士断案的过程看起来跟《逍遥游》杂剧中县尹很接近,他也是听了汉子的状告开始判断错在庄子。王应遴杂剧中,庄子需要当场显示神奇高超的道术——将汉子重新变回骷髅,才使得县尹拜服,接着悟道“生死轮回,只在转盼”。《起死》中巡士的转变则只需要庄子亮出自己的身份即可。这里的描写很有意味。巡士认为当场不能断定孰是孰非,要带两人去局里,庄子却说:“那可不成。我得赶路,见楚王去。”把楚王摆出来,显示自己的身份不同凡响。果然,巡士立刻松了手,迟疑地问:“那么,您是漆……”庄子一看果然奏效,马上自报名号:“不错!我正是漆园吏庄周。”这下巡士果然态度大变,对庄子毕恭毕敬,甚至对执意拦阻庄子离开的汉子举起了警棍。于是,庄子顺利脱身而去。显然,巡士不需要“启悟”“度化”来转变态度,他只要认识到庄子的身份即可达成对庄子的认同。可以说,巡士本来就是认可庄子的。

巡士对庄子的认同或许大部分出于“势利心”:庄子是漆园吏,跟楚王这样的王侯交往。不过,对于巡士来说更重要的是,自己的局长对庄子十分佩服。局长当然和巡士一样势利,“这几天就常常提起您老,说您老要上楚国发财去了,也许从这里经过的”。关键在于局长“也是一位隐士,带便兼办一点差使”。局长对庄子的认同是非同寻常的,他很爱读庄子的文章,读的正是《齐物论》,“什么‘方生方死,方死方生,方可方不可,方不可方可’”。

《起死》中局长完全不需要庄子的“度脱”,他岂但不需要点化,他不仅毫不执迷,简直就是圆融通透。这位爱读《齐物论》的隐士局长,正是鲁迅《吃教》所批判的“吃教者”。对于这样的人来说,《齐物论》只不过是“上流的文章”,庄子思想只不过是一种“主张”,只要“便宜”好用,不妨认可,正如

“吃教者”对“教”的态度:“讲革命,彼一时也;讲忠孝,又一时也;跟大拉嘛打圈子,又一时也;造塔藏主义,又一时也。有宜于专吃的时代,则指归应定于一尊,有宜合吃的时代,则诸教亦本非异致,不过一碟是全鸭,一碟是杂拌儿而已。”①

王应遴笔下赞同“三教合流”的县尹梁栋如何会变成鲁迅笔下“吃教”的“官隐”局长?其实,这在王应遴对杜蕙叙事道情中梁县主的改写就已经埋下伏笔。

杜蕙的叙事道情《庄子叹骷髅南北词曲》中,县主梁栋“居官清正,行事忠良,执法无私,抚民有惠,自任之后,盗贼屏息,学校复兴,廉洁忠恕,赫敏宽讼”,不仅如此,他还“自幼好道,久访名师”。因此,庄子才要度脱他。然而,王应遴《逍遥游》中县尹形象发生了巨大变化,这是一个庄子口中“世网纠缠,名根最重”的人。而在他自己口中,梁县尹更是“三年尸素惭虚度,奏最无奇枉自愁”的庸官。不仅如此,他还直言,“做官的妙诀,只要获上,何必治民。只要图赫赫之名,何必为闷闷之政”。于是,当遇到武贞状告“妖道”之时,梁栋马上兴奋起来,想的是终于要建一件“三年未有的”甚至是“千古来普天下罕见罕闻”的“奇政”。

叙事道情中,梁栋是个慕道的好官,所以庄子要度脱他。王应遴把梁栋改写成一个“名根最重”的庸官,那么他的用

① 鲁迅:《准风月谈·吃教》,《鲁迅全集》第5卷,第329页。

意何在？当然，他要借梁栋之口骂“官场原是戏场”，“做官是极要趁钱的主意”。更重要的是，道情中庄子只度“原有仙风道骨”的有缘人，王应遴却偏要“化俗”——让沉溺于“俗”的执迷者幡然醒悟。这里，王应遴已经显示了他不同于道教立场之道情的道教观。确实，王应遴本人是一位儒生，他对于道家、道教的接受其实是基于儒释道三教合一的立场，因此《逍遥游》原题《衍庄新调》之“新”也就在此。王应遴甚至非常自觉地意识到他笔下的庄子也许不是“子衍庄”而是“庄衍子”。①《逍遥游》后半部分，庄子、梁栋、道童在“骷髅幻化”之后进行了长篇论道，让庄子发挥了一番“释道虽分两途，与儒门总归一理”的鸿篇大论，却把道家从“名利”场中度脱人的命意转到了要追求“逃名而名我随、避名而名我追”的“真名”与“全不在得利为利、全在失利为利”的“真利”。换句话说，王应遴正是把道教之个人解脱的破“名利”改成了儒家以群为考量起点的“道德功名”与民胞物与的“实利”。

王应遴是真诚的。他劝世、“化俗”的愿望，就像明亡之后他选择自杀殉葬一样真诚，只不过前者是希望，而后者是绝望。王应遴读了杜蕙的叙事道情，不满其大肆宣扬得道解脱的逍遥自在以劝诱被度脱者，认为“庄之为庄，全在变化神

---

① 王应遴《自题衍庄新调》：“或曰：人言郭注庄，乃庄注郭。今子衍庄乎，抑庄衍子乎。”转引自王宣标：《明王应遴原刻本衍庄新调杂剧考》，《文化遗产》2012 年第 4 期。

奇”,而一味劝诱不过是“铢铢之称,寸寸之度”。但他意识不到,他的“化俗”逻辑,他的“释道与儒门总归一理”却又不免把信仰变成了“但做心性工夫”,变成了理性主义的算计。鲁迅《吃教》中曾批评刘勰,其实,就刘勰个体而言,他由儒入释又何尝不真诚?但鲁迅看到的是在此逻辑下形成的“无特操”文化,尤其是对于能言善辩的文人学士而言。

晚清以来中国知识分子对国民性多有批判,尤其对于知识分子本身的“无特操”痛心疾首。老舍小说《老张的哲学》开宗明义:“老张的哲学是‘钱本位而三位一体’的。他的宗教是三种:回,耶,佛;职业是三种:兵,学,商。”小说矛头直指办教育的主人公老张,其人表面上三种宗教都信,内里其实是嗜钱如命、坑蒙拐骗的教育界败类。老张放着教育部规定的《国文》不教,给学生读的还是《三字经》《百家姓》。但偏偏是这种人,反而在社会上很吃得开,最后还当上了南方某省的教育厅厅长。无论是摆着儒家先生气派的老张,还是顶着隐士头衔的局长,养成他们的其实都是“吃教”式的“无特操”文化。

那么,鲁迅所批判的这种三教合流或者定于一尊的“吃教”文化的症结何在?正是理性主义代替了“虔信”,于是顺理成章滑向功利主义。因此,在《起死》中,鲁迅把重点放在了描绘庄子大讲“齐物论”的“道理”上:他与鬼魂辩论,讲的是“活就是死,死就是活”的道理;他与司命辩论,讲的是“究竟是庄周做梦变了蝴蝶还是蝴蝶做梦变了庄周”的道理;他与杨大辩论,讲的是“此亦一是非,彼亦一是非”的道理。的确,面对现实(杨大),庄子的道理是行不通的,杨大不听“哲理”,只认衣服、包裹、雨伞。

有意思的是,《起死》中反对庄子“哲理”的,除了杨家庄杨大,还有开头庄子用“太上老君急急如律令”唤来的鬼魂和司命,那么,鬼魂和司命为何批评庄子呢?

5. 不成仙,反见鬼

司命这一人物形象出现在小说《起死》的开头。庄子希望让髑髅复生,于是念“至心朝礼司命大天尊”的咒语。场景一变,“一阵清风”,司命大神出现。司命教育庄子:“要知道‘死生有命’,我也碍难随便安排。”但是庄子仍不接受,却用“梦蝶”之说来反驳司命,司命不以为然,笑谓其“能说不能行,是人而非神”。

司命大神不见于王应遴杂剧《逍遥游》,也不见于“庄子以骷髅度化县主”模式的其他度脱叙事。在“神仙以骷髅度化庄子”的度脱叙事中,神仙角色是有的,可能是太上老君,可能是尹喜,都是位列道教仙班的人物。陈一球《蝴蝶梦》传奇中,太上老君让尹喜化骷髅点破庄周的是“七情俱假,五蕴皆空”,但是,小说《起死》中司命要让庄周明白的则是“死生有命”“生死有别”,这可不是道教神仙的口吻。况且在复杂庞大、不断扩充的道教神谱中,难觅符合《起死》人物设定的司命大神之踪迹。可见,小说《起死》中的司命大神并非来自道教。

有意思的是,庄子是在第二次念“至心朝礼司命大天尊”的咒语才召来司命的,他第一次念完咒语召来的却是鬼魂:“一阵阴风,许多蓬头的、秃头的、瘦的、胖的、男的、女的、老的、少的鬼魂出现。”鬼魂训斥庄子为“糊涂虫”,教育他“死了没有四季,也没有主人公。天地就是春秋,做皇帝也没有这么轻松。”庄子当然不认可鬼魂的话,反而说:“活就是死,死就是活呀,奴才也就是主人公。我是达性命之源的,可不受你们小鬼的运动。”

司命是庄子念“至心朝礼”的一套咒语召唤来的,这有何说法?庄子第一次念完“至心朝礼司命大天尊”几个字,却招来了一群鬼魂,小说里庄子不仅没有升仙,反而白日见鬼,《起死》这样写有何深意存焉?这群鬼魂男女老少皆有,显见不是髑髅一个幻化而来,这是为何?《起死》中司命大神的形象设定和庄子非常接近:“道冠布袍,黑瘦面皮,花白的络腮胡子,手执马鞭。”司命大神并不见于度脱剧,那“道冠布袍”的司命从何而来,有何意味?

《庄子·至乐》篇确乎提到过司命。庄子在梦中向鬼魂(髑髅)提议,“吾使司命复生子形,为子骨肉肌肤,反子父母妻子闾里知识”,但这只是提议而已,马上就被髑髅拒绝了。从《庄子》可知,司命是先秦时代原始宗教的神祇,而且主宰人的寿命。这在《楚辞》中也有表现,《九歌》中专门有《大司命》《少司命》这样献给司命的娱神之作。《周礼·春官·大宗伯》中有"以禋祀祀昊天上帝,以实柴祀日月星辰,以槱燎祀司中、司命、风师、雨师"。郑玄注曰:"司命,文昌宫星……司中、司命,文昌第五第四星,或曰中能、上能也。"《太平御览》引《五经异义》:"司命,主督察人命也。"《史记·天官书》:"斗魁戴匡六星曰文昌宫:一曰上将,二曰次将,三曰贵相,四曰司命,五曰司中,六曰司禄。"可见,司命是星辰神,属文昌宫,主管人的生死,是官方祭祀的神灵。

应劭《风俗通义·祀典》:"司命,文昌也。齐地大尊重之。"《起死》中没有写明故事发生的具体地点,不过,庄子的警笛喊来的是鲁国的巡士,显然应该是鲁国境内。而齐鲁对司命尤为尊重,庄子在此地念咒语召唤"司命大天尊"也就顺理成章了。那么,司命的外在形象是怎样的呢?汉代纬书《春秋佐助期》记载:"司命神名为灭党,长八尺,小鼻望羊,多髭臞瘦,通于命运期度。"①这应该是原始宗教的遗留。《起死》中"黑瘦面皮,花白的络腮胡子"倒是很符合"多髭臞瘦"的形象。

《起死》中庄子和司命都是道士装扮,这里就指出了道教与庄子哲学、原始信仰之间的关系:"道教之远源,古之巫、

① [日]安居香山、中村璋八辑:《纬书集成》(中),第820页,石家庄:河北人民出版社,1994年。

医、阴阳家、道家也。”也就是说，后世的道教利用了庄子哲学和原始信仰的重要元素，同时也把此二者“道教化”，把庄子、司命都“道士化”了。因此，道士装扮的庄子念了“至心朝礼司命大天尊”的咒语之后，就先后召唤出了同属于古代巫鬼信仰的鬼魂和司命大神。人可以召唤诸神，这是道教的一个重要特点，《太平经》提到，人呼召诸神，“比若今人呼客耳”。①

作为巫史文化或者原始宗教信仰一部分的神祇崇拜一直延续到两汉时期。鲁迅《古小说钩沉》辑录了《汉武故事》，其中就有司命神的记载：

> 薄忌奏：“祠太一，用一太牢，为坛，开八通鬼道。”上祀太畤，祭常有光明，照长安城如月光。上以问东方朔：“此何神也？”朔曰：“此司命之神，总鬼神者也。”上曰：“祠之，能令益寿乎？”对曰：“皇者寿命悬于天，司命无能为也。”②

这里，司命依然是星辰神，“总鬼神者”，然而当皇帝询问是否能够通过“祠之”来增寿时，东方朔却说不可以，因为

---

① 刘咸炘：《道教征略》，第15页，上海：上海科学技术文献出版社，2010年。

② 鲁迅辑录：《古小说钩沉》(一)，《鲁迅辑录古籍丛编》第1卷，第427页，北京：人民文学出版社，1999年。

“皇者寿命悬于天”，属于“天命”范畴，司命不能够随意改变。这就很像《起死》中司命对庄子请他复活髑髅的拒绝了：“要知道‘死生有命’，我也碍难随便安排。”而这种观念和道教中“我命在我不在天”（葛洪《抱朴子·黄白篇》）、“我命在我，不属天地”（《西升经·我命章》）、“天命在我”（纯阳真人《金玉经》）的观念是非常不一样的。

如果说司命大神来自原始宗教信仰、礼教巫史文化的话，那么，可以想见，那来历不明的群鬼和司命正是来自同一源头。这就可以理解为何群鬼要和庄子唱对台戏：庄子对原始信仰中的巫鬼之说有所质疑，他们分别代表了两种不尽相同的观念。《至乐》篇中庄子梦见的鬼，声明的是死有至乐，不肯复生为人，看起来鬼把庄子驳得毫无还口机会，究其实还是借“鬼话”来说明庄子“齐死生”的观点。然而，《起死》中群鬼却劈头就骂庄子“胡涂虫”，庄子又回骂对方“胡涂鬼”，这里，《起死》中鬼魂说的话和《至乐》篇非常相似，不同主要在于庄子的反驳：“要知道活就是死，死就是活呀，奴才也就是主人公。我是达性命之源的，可不受你们小鬼的运动。”显然，小说中庄子反驳的就是巫史文化中的死生观，恰恰通过反驳原始宗教信仰中的鬼论来说明“齐生死”。换句话说，《至乐》篇是庄子利用巫鬼之说来建立自己的哲学，《起死》则是揭示了庄子哲学与原始巫鬼信仰的不同之处。

关于这一点，可以参考闻一多《道教的精神》所提供的观点：

> 我常疑心这哲学或玄学的道家思想必有一个前身,而这个前身很可能是某种富有神秘思想的原始宗教,或更具体点讲,一种巫教。这种宗教,在基本性质上恐怕与后来的道教无大差别,虽则在形式上与组织上尽可截然不同。这个不知名的古代宗教,我们可暂称为古道教,因之自东汉以来道教即可称之为新道教。我以为与其说新道教是堕落了的道家,不如说它是古道教的复活。……哲学中的道家是从古道教中分泌出来的一种质素。……
>
> 《庄子》书里实在充满了神秘思想,这种思想很明显的是一种古宗教的反映。[①]

闻一多认为,庄子思想(以及道家思想)和道教都是从古宗教转化而来的。不过,一般道教研究者都同意,老庄的道家思想和古代神道都是形塑道教的重要方面。刘咸炘于道教研究颇为深入,他认为,"道教之远源,古之巫、医、阴阳家、道家也"。[②] 许地山则认为,"中国古代神道也是后来道教底重要源头",[③]"巫觋道与方术预备了道教底实行方面,老庄哲学预备了道教底思想根据"。[④] 这种基本观点为民国

① 闻一多:《道教的精神》,《闻一多全集》第 9 卷《庄子编》,第 448、449 页,武汉:湖北人民出版社,1993。

② 刘咸炘:《道教征略》,第 2 页。

③ 许地山:《道教史》,第 163 页。

④ 许地山:《道教史》,第 181 页。

时期道教研究者所共享,只是在表述上不尽相同。傅勤家《中国道教史》指出:“即如道教,其义理固本之道家,而其信仰,实由古之巫祝而来,辗转而为秦、汉之方士,又演变成今之道士。”①

这样看来,《起死》中庄子与鬼魂的对话、与司命的对话就都是非常有意味的,展现了庄子哲学与原始信仰之间既有联系、又有区别的一面。如果说庄子无法说服杨大是“哲理”在“现实”面前的溃败,那么,鬼魂、司命对庄子的批评正是原始宗教信仰对于“哲理”的否定。

如果将《起死》看作一则道教批判的寓言,那么,其主旨无疑延续和发展了鲁迅早在《破恶声论》就展开的宗教思考。鲁迅对宗教是有所肯定的,他认为,“宗教由来,本向上之民所自建,纵对象有多一虚实之别,而足充人心向上之需要则同然”。中国的问题不在迷信,而在无信仰:“墟社稷毁家庙者,征之历史,正多无信仰之士人,而乡曲小民无与。伪士当去,迷信可存,今日之急也。”②《破恶声论》没有写完,也没有将宗教思考与伪士批判及于道教,《起死》则将以上观点细化、落实到道教的问题上。鲁迅对道教的批判恰恰在于它是一种准宗教,对比那种迷信(虔信)的原始宗教,道教是不够虔敬的,是一种“是人而非神”的宗教。在小说中,汉子

① 傅勤家:《中国道教史》,第39页,北京:东方出版社,2008年。

② 鲁迅:《集外集拾遗补编·破恶声论》,《鲁迅全集》第8卷,第30页,北京:人民文学出版社,2005年。

杨大可谓“乡曲小民”,鬼魂与司命可谓“向上之民”的原始宗教,鲁迅无意褒贬;那位读着《齐物论》等“上流的文章”的隐士局长,可不正是一个“伪士”?而揣着“楚王的圣旨”、口中“彼亦一是非,此亦一是非”的庄子,一面呼唤司命大神来起死回生,一面又用“庄生梦蝶”的哲学来劝大神“随随便便”,可不正是“伪士”之滥觞?这也无怪乎那些蓬头鬼魂骂他“糊涂虫”了。

王应遴《逍遥游》杂剧最后以“漫将旧谱翻新调,实理休嗤是撮空”的诗句收束。在王应遴看来,他要用“实理”来化“嗜利征名,贪生怖死”的恶“俗”,相信只要人做到“心性工夫”,就能在洞彻“实理”的基础上得以超越。究其根源依然是儒家的理性主义。他虽然承认“庄之为庄,只在变化神奇”,但是他所做的“衍庄新调”目的却是用“实理”来“化俗”,而不必拘泥“子衍庄”还是“庄衍子”。王应麟一方面看“尘世牢笼”充满了恶“俗”,一方面不满于“庄子叹骷髅”道情以顺应某种“俗欲”(比如长生)的“铢铢之称、寸寸之度”来引人向道,才有“独摛新调”之举。的确,道教本身就有“即世与超越”的两面,[①]度脱剧和道情兼顾娱乐性和叙事性,世俗色彩就更浓了。可以说,王应遴的“化俗”具有两个层面:第一个层面针对的是俗世之“俗”,以“冷眼热肠”来骂

---

① [德]马克斯·韦伯:《儒教与道教》,王容芬译,第229页。

世，以庄子之超脱来映衬俗世的污浊；第二个层面恰恰针对的是道教本身“即世”的一面，世俗性的“铢铢之称、寸寸之度”一面，他希望用“实理”来“化”掉道情（道教）的“俗”之成分。这样来看，王应遴对“庄子叹骷髅”道情的改造，不仅是讽世，而且还有些道教批判的意味了。但是，他所塑造的“但讲心性工夫”的庄子，自己也承认或许并非“子衍庄”而是“庄衍子”，他对道情（道教）之“俗”的认识固然不错，他对庄子的刻画却也不是“庄之为庄”了，杂剧《逍遥游》的“释道与儒门总归一理”的“实理”也就不是“庄之为庄”的“理”了。

对比杂剧《逍遥游》，小说《起死》中庄子满口的“哲理”直接按照《齐物论》敷衍而来，有意思的是，在小说叙事中，来自原始宗教的具有超越性的神鬼（司命与鬼魂），只认现实、“不懂哲理”的杨家庄杨大，都不认庄子的“哲理”。在这个故事里，既拒绝超越性又拒绝现实的“哲理”，只能变成“撮空”。而“哲理”敌不过“野蛮”，就依赖“警笛”、巡士以及局长等世俗权力，也就变成了“强盗军师”。可以说，在《起死》的叙事逻辑里，“庄之为庄”的齐物论竟然是可以曲径通幽地导向道情/道教之功利性的“俗”的。

王应遴以“实理”来“化俗”，其逻辑倒与持启蒙立场的新文化人有相似性，都基于理性主义的立场，或“化俗”，或批判国民性。王应遴的“化俗”愿望是真诚的，但是，鲁迅在《吃教》等杂文中指出，类似对待宗教的理性主义立场，最后就会变成或主张三教合流或主张独尊一教的“吃教”逻辑，变成虚伪的遮羞布。这就像《吃教》所批评的《现代评论》《新月》诸将、“吃革命饭”的老英雄一样,他们的主张是为“敲门砖”“上天梯”。当然,鲁迅自己也持启蒙立场,也坚持国民性批判,可以说,鲁迅是不反对“化俗”的理想的,只是他在启蒙的同时更坚持反思启蒙之理性主义的局限。那么,超出理性主义的超越性一面(神与鬼),植根现实生活的一面(“俗”中之实),本身就构成反思启蒙的向度,这也许可以称为“化俗”之超克吧。

四、《采薇》与知识分子批判

1. 夷齐之死与王国维自沉

这须是熟精今典的人们才知道……(鲁迅《坟·从胡须说到牙齿》)①

追究小说人物的原型本事,特别是好奇“重写型”小说中人物的影射讽谕对象,这些似乎都不为鲁迅所取,他讽刺了那些对号入座自认为《阿Q正传》在嘲弄自己的读者,他也明确说《出关》不是自况,指出读小说不能认作非斥人则自况,不过,鲁迅这些对于阅读小说的建议毋宁说是为了避

① 鲁迅:《从胡须说到牙齿》,《鲁迅全集》第1卷,第258页,北京:人民文学出版社,2005年。

免“把小说封闭”起来的阅读方式,那么,如果不是将小说“封闭起来”,反而是能够打开小说之“阅读空间”的“今典”之探究,是否不一定为鲁迅拒绝呢?

茅盾曾评价鲁迅《故事新编》“非但‘没有把古人写得更死’,而且将古代和现代错综交融,成为一而二,二而一”。①鲁迅在《〈出关〉的“关”》中也承认自己创作中“取人为模特”的方式是“杂取种种人,合成一个”。② 而且《故事新编》的序言中他曾强调,“自己的对于古人,不及对于今人的诚敬,所以仍不免时有油滑之处”。③ 鲁迅的杂文写作中往往兼用历史典故和来自现实的“今典”,揭示“现在”与“历史”的关联性、延续性,那么,作为小说的《故事新编》是否也兼用“古典”与“今典”?《故事新编》的序言曾提到,正是报纸上“含泪的批评家”对汪静之《蕙的风》的批评,使他在《补天》中创造了“一个古衣冠的小丈夫”。另外,《理水》中文化山上的学者显然也指向现实,《出关》中孔胜老败的情节设计和鲁迅所处的现实语境也有极密切的对应关系,④《故事新编》中“今典”的运用确实并非孤例。

① 茅盾:《〈玄武门之变〉序》,宋云彬《玄武门之变》,上海:开明书店,1937 年。

② 鲁迅:《〈出关〉的“关”》,《鲁迅全集》第 6 卷,第 538 页。

③ 鲁迅:《故事新编 · 序言》,《鲁迅全集》第 2 卷,第 354 页。

④ 张钊贻《出关的现实寓意》(见氏著《鲁迅:中国“温和”的尼采》,北京:北京大学出版社,2011 年)就有理有据地分析了《出关》“自况说”的合理性。

《采薇》是一篇有不少晦涩之处的小说,比如开头对于“养老堂”的描写,比如伯夷叔齐对于周武王“归马于华山之阳”和华山大王小穷奇的惧怕,比如夷齐死后关于“立碑”的纷争议论,比如小丙君对于夷齐“通体都是矛盾”的批评,这些不见于历史上关于夷齐事迹的各种记载,但是又不能说和夷齐故事毫不相关,它们为何出现在小说中,又是什么触发了鲁迅的创作构思?按照《补天》塑造“古衣冠的小丈夫”的前例,可以理解这些小说内容应该和写作当时的现实语境有关。那么,可能激发鲁迅构思“养老堂”“立碑”种种细节的现实事件会是怎样的?循着这个思路,《采薇》中奉行“坚守主义”的伯夷叔齐形象背后,渐渐浮现出另外一个现代人物的面貌,这个人就是王国维。

将王国维与《采薇》中的伯夷叔齐联系起来,不仅因为他们都有“不食周粟”的“坚守主义”,更因为王国维有着浓重的夷齐情结,而王国维自沉后,时人也多以“不降其志、不辱其身”的夷齐视之。

王国维长于诗词,个人情志的抒发往往见诸笔端,间或透露出执着的夷齐情结。一位“爱画兼爱竹”的某君请为其竹刻小像题诗,王国维就以“江南有君子,人在夷惠间”(《题某君竹刻小像》,1918)之句题赠。[1] 同年在《百字令·戊午

① 陈永正笺注:《王国维诗词笺注》,第275、570页,上海:上海古籍出版社,2011年。

题孙隘庵南窗寄傲图》中,王国维再次历数屈原、陶潜、伯夷叔齐和废帝山阳公刘协这些"寂寥千载"的"伤心人物":"楚灵均后,数柴桑、第一伤心人物。招屈亭前千古水,流向浔阳百折。夷叔西陵,山阳下国,此恨那堪说。寂寥千载,有人同此伊郁。"①

阅览当年写给王国维的挽联,除了遗老群体往往比之以自投汨罗江的屈灵均,也有不少人以"不降不辱"的夷齐相类。比如,"报国忠贞拌一死,顽廉立懦圣之清",②王季烈以孟子褒扬夷齐的顽廉立懦来赞颂王国维之"忠贞";"茫茫东海无鳣鲔,采采西山有蕨薇。……辱身降志吾何敢,青史他年论是非",③钟广生则从孔子肯定夷齐的"不降其志不辱其身"之角度比拟王国维。如果说这两人都属于清遗民群体,如此立论顺理成章,那么与民国学人多有往还的旧书商陈济川、日本学人小川琢治、时任清华国学院导师的梁启超,各人立场见解各异,却也齐齐比王国维以夷齐:

独往独来不降不辱,至情至性可泣可歌。④(陈

---

① 陈永正笺注:《王国维诗词笺注》,第570页,上海:上海古籍出版社,2011年。

② 《王国维先生全集·附录》,第5410、5442、5464页,台北:大通书局,1976年。

③ 《王国维先生全集·附录》,第5442页,台北:大通书局,1976年。

④ 《王国维先生全集·附录》,第5442页,台北:大通书局,1976年。

济川）

齐邑犹存王蠋节，首阳长见伯夷仁。①（小川琢治）

孔子说："不降其志，不辱其身，伯夷叔齐欤！"宁可不生活，不肯降辱；本可不死，只因既不能屈服社会，亦不能屈服于社会，所以终究要自杀。伯夷叔齐的志气，就是王静安先生的志气！（梁启超《王静安先生墓前悼辞》）

此外，对王国维推崇备至的陈寅恪，在挽词中也有"生逢尧舜成何世，去做夷齐各自天"的句子。

自然，王国维有夷齐情结、时人以夷齐相比，这些并不能说明鲁迅《采薇》中的夷齐一定跟王国维相关，然而，当引入王国维自沉的民国史背景，小说《采薇》中诸如"养老堂""华山大王小穷奇""首阳村第一等高人小丙君""放马于华山之阳""立碑纠纷""谣言毁谤"等等，这些与历史上伯夷故事有所疏离、显得晦涩难懂的名目与情节，转而变得容易理解，令人有豁然开朗之感了。

鲁迅创作《采薇》的时候想到了王国维吗？是王国维的自沉刺激了鲁迅构思夷齐形象，还是鲁迅构思夷齐形象的时候联想到了王国维？二者的关系是以今释古还是以古喻今？

① 《王国维先生全集·附录》，第5464页，台北：大通书局，1976年。

要解决这些疑问,就必须细读小说、考究历史了。

2.《采薇》中的民国史

《采薇》开头写住在养老堂的伯夷叔齐听说战事将近。“养老堂”从何而来?《史记·伯夷列传》有“西伯善养老”的说法,但“养老堂”这一现代感十足的名词只是鲁迅的戏谑吗?即使有戏谑的成分,鲁迅的那些“油滑”之处(诸如《补天》中“古衣冠的小丈夫”)不正是要针对现实而“忍不住”形诸笔墨的吗?而且,那些“油滑”笔墨(比如《理水》中古文字学家鸟头先生否认大禹是一个人)不也正是在针对严肃的历史话题吗?如果夷齐本来就有王国维的影子,那么“养老堂”是不是有些像清华国学研究院?当时将清华国学研究院比作养老堂的人,恰恰就是与王国维同为研究院导师、又最为推崇王国维的陈寅恪,据说他当时曾撰联自嘲“训蒙不足,养老有余”。[①] 在创作《采薇》之前的1934年,鲁迅写杂文谈及清华研究院,也有“用庚子赔款来养成几位有限的学者”之说。[②]“养老堂”者,并非空穴来风、向壁虚构,而是确有所指?

---

① 卞僧慧纂、卞学洛整理:《陈寅恪先生年谱长编(初稿)》,第101页,北京:中华书局,2010年。

② 鲁迅:《算账》(载1934年7月23日《申报·自由谈》),《鲁迅全集》第5卷,第532页。

《采薇》写伯夷叔齐震惊于周武王伐纣的告示，告示中出现了“恭行天罚”的字样。接着，当他们见到一位骑着高头大马、威风凛凛的王爷时，第一意识就是这乃“恭行天罚的周王发”。为何“恭行天罚”如此触目惊心？当伯夷叔齐决定离开养老堂，路遇废兵，听到后者说起的正是“我们大王已经‘恭行天罚’”，并且“归马于华山之阳”，这于伯夷叔齐而言，则是“兜头一桶冷水”，“打了寒噤”，“这‘归马于华山之阳’，竟踏坏了他们的梦境”。为何小说屡次三番强调“恭行天罚”？为何尤其突出“归马于华山之阳”之于夷齐的打击？

若说夷齐身上有王国维的影子，那么不难叫人联想起震惊王国维、让他有了死志的事件，正是打着“吊民伐罪”旗号的北伐。蒋介石出师北伐的宣言，直言“吊民伐罪”的宗旨：

> 本军既任国民革命之先锋，中正复荷本党与政府之重托，完现大元帅讨贼除恶之遗志，尽革命军人救国救民之天职，为民请命，责无旁贷，为国杀贼，义无反顾……惟愿邦人君子，鉴其吊民伐罪之忱，协力救国，一致奋起……①

不仅如此，这份《蒋总司令出师北伐宣言》前面洋洋洒

① 《蒋总司令出师北伐宣言，十五年八月十六日于长沙军次》，1926年8月《军事政治月刊》第6期。

洒罗列各路北洋军阀之恶德,历数袁世凯“以奸诈手段,妄窃大位”,“勾结帝国主义,以遂其僭号自娱之偏图”;吴佩孚则“杀国人以启其端”,竟至“吾国革命运动史上所视为极耻大辱悬而不决之大屠杀案”起于五卅,“不仅为新时代之蟊贼,抑亦为旧社会之罪人”,“恬不知耻”,“造乱祸国,戕贼同胞”,“直一叛国罪犯已耳”……

对比一下小说《采薇》中几乎完全转录自《史记》的周武王《泰誓》:

> 照得今殷王纣,乃用其妇人之言,自绝于天,毁坏其三正,离逷其王父母弟。乃断弃其先祖之乐,乃为淫声,用变乱正声,怡说妇人。故今予发,维恭行天罚。勉哉夫子,不可再,不可三! 此示。

这里,鲁迅只在开头结尾加了“照得”“此示”四个字,余者全部照抄《史记》。在通篇不无戏谑、不乏俗白俚语的《采薇》中,鲁迅本可以另换一种读起来更为清通顺畅甚至更为幽默讽刺的表述,为何要插入这段拗口的文言呢? 而且还抄录得一丝不苟、一字不差。显然,这段引文是有意为之。一经对比,不难看出,《蒋总司令出师北伐宣言》的思路与口吻,与这《泰誓》何其相像! 都是先从道德上摧毁对手,接着申明自己占据了“吊民伐罪”的“天理”与“王道”。这也就可以理解为何《采薇》中写伯夷叔齐看告示之前先看到"木主"了——在周王发的队列之先，是八十一人抬着的大轿，供着写有"大周文王之灵位"的木主。《蒋总司令出师北伐宣言》可不是先要将"完现大元帅讨贼除恶之遗志"放在纸上！

《采薇》中伯夷叔齐听到废兵转述"我们大王已经'恭行天罚'"，接着就要"归马于华山之阳""放牛于桃林之野"，可不正是宣告"普天之下，莫非王土"？这已经在昭示"王道"的权力范围无远弗届，夷齐听了怎能不心惊？在某种程度上，北伐的宣言和气势不也带着"普天之下，莫非王土"式的革命公理和革命气概？在时局动荡之际，王国维听说南军北上的种种过激行为，联想到冯玉祥曾经将溥仪赶出紫禁城的旧事，能不忧心恐惧？

除了"归马于华山之阳"令人恐惧，华山大王小穷奇也令伯夷叔齐害怕。所谓"穷奇"，《山海经·海内北经》有记载，是一种外貌像老虎的异兽。而"东北虎"正是奉军张作霖的绰号，他还在沈阳大帅府的会客厅中放了两只老虎标本，所以会客厅又被称为"老虎厅"。"华山大王小穷奇"身上，有着东北军阀张作霖的影子。后者喜爱老虎标本，还曾经专门合影留念。

小穷奇是北方土匪，自称是"文明人"，不会像海派一样"剥猪猡"。他还宣称"遵先王遗教，非常敬老"，但是如果伯夷叔齐两位"天下之大老"不肯留下纪念品，他就要"恭行天搜"。而张作霖有"遗老情结"，曾公开支持溥仪。1925 年，溥仪被赶出故宫、迁居天津之后,张作霖先送了十万元,又提出面见溥仪。就是在这次会见时,张作霖出乎意料地见面就磕头,令溥仪喜出望外。溥仪《我的前半生》记载,“我在天津的七年间,拉拢过一切我想拉拢的军阀……张作霖向我磕过头……其中给过我梦想最大的,也是我拉拢最力、为时最长的则是奉系将领们。这是由张作霖向我磕头开始的”。①此外,张作霖对于清朝遗老、袁世凯称帝时所谓的“嵩山四友”之一赵尔巽的尊敬,也是非常有名的事。

张作霖虽然“非常敬老”,不过他更是一个政治投机者。1927 年他在北京僭称大元帅之后,6 月 25 日就下了一道“息争令”,并且发出通电:“本大元帅与中山为多年好友。……邦家多难,中山赍志以终,一切建设大端,皆属后死之责。……凡属中山同志,一律友视。其有甘心赤化者,本大元帅为老友争荣誉,为国民争人格,为世界争和平,仍当贯彻初旨,问罪兴讨。”②在此之前,张作霖下令军警进入东交民巷使馆区,搜查苏联大使馆,逮捕了避难在大使馆中的李大钊等人,并且对后者处以绞刑。一面大肆搜捕、大开杀戒,一面又俨然与中山为友、遵奉三民主义,这种嘴脸可不正是一边打劫一边自称“恭行天搜”的强盗?奉系军阀搜查苏联大

---

① 溥仪:《我的前半生》,第 179、180 页,北京:东方出版社,2007 年。

② 陶菊隐:《北洋军阀统治时期史话(下)》,第 452 页,太原:山西人民出版社,2013 年。

使馆、杀害李大钊等人之后，北大教授纷纷离京避难，清华国学院的陈寅恪、吴宓也为李大钊遇害而感慨议论“中国人之残酷”。① 与陈寅恪过从甚密的王国维，当然也不可能完全置身事外，内心不免受到冲击。这位占据北京的既号称“非常敬老”又不吝惜“恭行天搜”的“大王”，也不免使得本就为时局忧心忡忡的王国维更加不安了。

《采薇》中，伯夷叔齐隐居首阳山，但这里却并非深山老林，消息也不闭塞，还不乏人流穿梭。于是，山下的首阳村村民很快就得知了伯夷叔齐的身份，引来了不少上山看热闹的人，甚至引来“首阳村第一等高人”小丙君。小丙君做过纣王的祭酒，又识得“天命有归”，带着行李奴婢投明主，虽然因为“兵马事忙”不好安置，小丙君还是得到了首阳山下的肥田，奉命在村里研究“八卦学”。小丙君生计无忧，还是一位诗人，爱好谈论文学理论，专门来找伯夷叔齐谈文学，谁知却志不同道不合，以致大发议论，对夷齐的品格多有批评，说他们“通体都是矛盾”。

小丙君跟小穷奇一样，是跟历史上伯夷叔齐相关传说记载毫不搭界的一个人物，说明这个形象可能与现实中的某人某事有关。在某种意义上，小丙君和他家的奴婢阿金姐直接

---

① 吴宓日记1927年4月30日记载：“陈寅恪于晚间来访，谈中国人之残酷，感于李大钊等之绞死也。”《吴宓日记（第三册）》（1925—1927），第334页，北京：生活·读书·新知三联书店，1998年。

导致了伯夷叔齐的饿死,那么,如果有一个现实中的人物作为小说人物原型的话,他是否直接与王国维自沉相关?循着这个思路,清华研究院的另一位导师梁启超的形象就慢慢浮现出来。

王国维自沉之后,关于他的死因有多种传言,梁启超嫉妒排挤说就是传言之一种。这种说法多出自日本人。川田瑞穗《悼王忠悫公》写道:“公之自杀原因,有种种之谣言,已入吾人之耳。……或谓清华教授梁启超氏嫉公名望,阴加排斥,于公自杀前数日,特告公以冯玉祥将到京,梁氏本人亦将于即夕赴津避难,以恐之,公大为所动。”①另外,桥川时雄也提及时人王国维之死与梁启超有关的说法:“另一个关于他的死的说法,是强调由于他和梁启超学问的差别,对王先生而言清华大学不是好呆的地方。许多人作吊王先生的诗,其中有骂梁启超的。”②

梁启超以“善变”著称,他自己对此也毫不讳言。鲁迅曾经在杂文中讽刺那些“适者生存”“欣然活着”的“导师”,“怎样的‘今是昨非’呵,怎样的‘口是心非’呵,怎样的‘今日之我与昨日之我战’呵”。③ 如果说这“善变”一点和小丙君的望风转舵不无关系,那么“祭酒”、作诗、爱谈文学理论确

① 川田瑞穗:《悼王忠悫公》,陈平原、王风编《追忆王国维(增订本)》,第339页,北京:生活·读书·新知三联书店,2009年。

② 神田喜一郎等:《追念王静安先生》,陈平原、王风编《追忆王国维(增订本)》,第336页。

③ 鲁迅:《导师》,《鲁迅全集》第3卷,第59页。

乎也都能和梁启超搭上干系。晚清梁启超倡导“诗界革命”“小说界革命”“文界革命”，倡导“新民说”，鼓吹“政治小说”，以功利目标劝文学。而王国维的文学观恰恰与梁启超相对，他受康德“审美无利害”的影响，提倡“纯文学”，反对“哺啜的文学”，认为文学不可以功利劝。① 梁王二人都写诗，诗歌的路数自然是完全不同的。有意思的是，梁启超还被视作清华国学院的“祭酒”。②

如果小丙君真的和梁启超有关，那么“丙”字从何而来？是否与梁启超其人其事有关？这样追问的话，可以发现“丙”字竟然真的是个“今典”。原来，1926 年“三一八”惨案中清华学生韦杰三遇难，清华大学学生会出了一本《韦杰三纪念集》，梁启超曾经在纪念集上题诗“陆放翁送芮司业诗借题韦烈士纪念集”。一位署名“季廉”的作者拿到纪念集一看，梁氏的题诗旁边还有“甲寅暮春梁启超”六个字。实际上，1926 年是丙寅而非甲寅。于是，“季廉”写了一篇题为《丙和甲》的小杂文寄给《语丝》杂志，文中讽刺道：“大人先生，学者博士呵，天干地支是国粹之一，要保存不妨保存，可是有那闹笑话，不如不保存吧。”鲁迅还专门为此文写了“按

---

① 王国维：《文学小言》，谢维扬、房鑫亮主编《王国维全集》第 14 卷，第 92 页，杭州：浙江教育出版社，2010 年。

② 吴其昌曾回忆清华国学研究院时的梁启超：“先生之齿，实长于观堂先师，亵然为全院祭酒，然事无巨细，悉自处于观堂先师之下。”（吴其昌：《梁任公晚年言行记》，夏晓虹编《追忆梁启超》，第 408 页，北京：中国广播电视出版社，1997 年。）

语”,继续讽刺说:“据愚见,学者是不会错的,……但确否亦不得而知,一切仍当于‘甲寅暮春’,伫聆研究院教授之明教也。中华民国十六年即丁卯暮冬,中拉附识。”①鲁迅一向喜欢给人取绰号,如“鸟头先生”“红鼻子”之类,这些不无谑而近虐色彩的绰号,代表的正是鲁迅对其人之不以为然。而鲁迅确乎对梁启超颇有微词,②如此来说,由梁启超而生成“小丙君”,也并非不可想象的。循此线索考究小说《采薇》中关于小丙君的诸多细节,的确与梁启超渊源匪浅,下文将尽量追踪蹑迹,分析这一猜想的可能性。

3. 为何是梁启超?

鲁迅自述构思“足成八则”《故事新编》的时间是 1926 年秋天,但写完《奔月》和《铸剑》就搁起来了,“后来虽然偶尔得到一点题材,作一段速写,却一向不加整理”,③直到 1935 年末才终于完成后面几篇的写作。这就是说,鲁迅在 1926 年就预备写夷齐故事,那么 1927 年的王国维自沉事件在某种意义上也可以成为小说的“一点题材”,而围绕王国维自沉的相关人与事也会同样成为“一点题材”。渐渐地,

---

① 鲁迅:《丙和甲按语》,《鲁迅全集》第 8 卷,第 238 页。

② 参见侯桂新:《鲁迅全集中的梁启超形象》,《中国现代文学研究丛刊》2015 年第 12 期。

③ 鲁迅:《故事新编 · 序言》,《鲁迅全集》第 2 卷,第 354 页。

现实中围绕王国维自沉呈现出的某些世态人情，明显盖过了史书上过于简略的夷齐之死的记载，让鲁迅更加上心，有了形诸笔墨的艺术冲动。有意思的是，在关注、反思这些“题材”尤其是王国维死后的社会舆论时，事关梁启超在此事中扮演角色的种种议论与传言，可能比王国维自沉本身更多地引起了鲁迅的好奇。于是，这些“题材”在鲁迅头脑中转换变形，逐渐形成“养老堂”“小丙君”“立碑纠纷”“谣言中伤”等等形象与情节。那么，为什么小丙君会和梁启超有关？

《采薇》中，夷齐之死的直接起因是无法面对小丙君和阿金姐“普天之下，莫非王土”的质问，远因则要追溯到小说开头他们听说战事将起时，正是从那个时候起，他们开始感到不能“为养老而养老”，以致最终决定要“不食周粟”，离开养老堂。

前文讲过，王国维自沉之后，当时曾有将死因指向梁启超的说法，即梁启超有意向王国维渲染北伐的暴力、表明自己即刻离京避难的打算，“以恐之”。不过，当时明确提及王国维之死与梁启超有关之传言的，除了桥川时雄、川田瑞穗这些日本人，当时国人论及王国维自沉的文章很少有这样明确点出梁启超之名的。然而多年之后，当时经历此事的清华研究院学生再次回忆往事，则纷纷又提到了王国维自沉与此前梁启超在清华园高调宣布即将离京避难之间的密切关系。

写于 1982 年的《回忆王观堂先生的自沉》一文中，作者张旭光(1926 年考入清华研究院)指出“梁任公先生将东渡避难的传说”是王国维选择自杀的一个“重要诱因”,他回忆,“一九二七年春夏间,清华园中盛传梁先生将东渡避难”。除了同学间的盛传,张旭光还回忆起 1927 年 5 月间梁启超的一次宴请。当时,梁氏正式发出请帖,邀请研究院、大学部和留美预备部所有选修他的课程的同学,到北海松坡图书馆茶会,当时到会的有百人。会上,梁启超“正式宣布,时局这样动荡,下学期不可能继续讲学,将东渡日本,重过留洋生活”。不仅如此,他还“鼓励同学们可以从事政治活动”。更加重要的是,“梁先生这次讲话中,并没有显然攻击国共合作的北伐军,也没有攻击国民党”,“梁先生的演说内容,自然经同学很快传给王先生”。[1] 因此,“梁先生东渡的传说”就不仅仅是“传说”了,这一说法的直接散布者就是梁启超,而这被认为是促成王国维自沉的诱因。

多年后的回忆文章是否准确? 这还需要和事发当时的文章来参照对读。姚名达《哀余断忆》写于 1927 年,文章记录了王国维自沉之前在清华的诸多生活细节,此文是涉及王国维死因这一主题写得最早最详尽的篇章之一,尽管作者当时的写作目的是表达哀思而非探究死因。姚名达 1925 年入清华研究院,他曾多次向王国维请益,王国维几次以“寻源工

① 张旭光:《回忆王观堂先生的自沉》,陈平原、王风编《追忆王国维(增订本)》,第 240 页。

夫"来手把手教他《史记》研究之法，都没有得到姚名达的认真对待，或许因为其治学兴趣和方法更接近梁启超，而且彼时姚正致力于编撰《章实斋遗著》并获得了导师梁启超的大力肯定。《哀余断忆》中，姚名达记录了王国维自沉前有两次与清华师生的相聚，尤其能够透露出当时王国维的某种心境。1927 年 5 月 12 日，清华大学史学会召开成立会议，史学会是姚名达倡议建立的，王国维、梁启超和陈寅恪等人都参加了此会。会上众人各持己见，似乎彼此颇有争议，王国维主张"多开读书会""微嫌薄之"，显然是不赞成史学会这种组织形式的。散会之后，王国维与陈寅恪同行，"颇用怀疑，以为斯会别有用意"。[①] 那么，王国维怀疑的是什么呢？也许几天之后的师生叙别会能够进一步说明这一问题。

姚文记录，当时因故同学会职员只有他一个人，因为学年将满，"咸知同居之不可久也"，所以他联络众人在 6 月 1 日召开师生叙别会。不过，这里姚名达说的比较模糊，因为对于他们这一级而言，并未到毕业离校的时候，他是次年毕业的。但是姚名达也没有说是送别其他毕业同学，因此这个会就颇有渲染动荡不安时局、众人即将云散的意味。会上，梁启超慷慨陈词，而王国维则"点头不语"。当晚，姚名达又和两位同学夜访王国维。翌日，王国维自沉昆明湖。

---

① 姚名达：《哀余断忆（五则）》，陈平原、王风编《追忆王国维（增订本）》，第 179、180 页。

姚名达述及6月1日叙别会,表达出极为内疚悔恨之情:“吾今当叙吾院师生与先生诀别之师生叙别会!吾叙至此,吾怀欲裂,吾笔欲坠,吾不知若何可赎罪于万一也!”[①]或谓,从姚名达对叙别会的记述看,并不能说明他如此痛苦的原因,看起来王国维的死和叙别会只是时间上的接续,并没有因果上的关系。但是,当事人的心理感受是更为微妙更为真实的,而且还有一些未曾明言的细节留在了已经说出来的事实背后。

鉴于梁启超作为清华教授、导师的声望、地位以及彼此间的师生同事关系,或许当时清华师生不便于王国维自沉一事过多论及梁启超,时隔多年之后,他们反而少了一些顾忌,更能畅所欲言。卫聚贤在1984年写给王国维之子王东明的公开信《王(国维)先生的死因,我知道一些》中写道,“我们毕业,由‘工字厅’宴会我们同学时,梁任公先生发表了几句短片演说,他说:党军已到郑州,我现在要赶到天津去,以后我们几时见面,就很难讲了!王先生此时和我坐在一张桌子上,他问我:山西怎样?我说:山西很好。当天晚上《世界晚报》刊出《戏拟党军到北京后被捕的人物》,其中有王先生的名字在内,不知谁将这报送王先生看过了!”[②]

---

① 姚名达:《哀余断忆(五则)》,陈平原、王风编《追忆王国维(增订本)》,第180页。

② 卫聚贤:《关于王(国维)先生的死因,我知道一些》,陈平原、王风编《追忆王国维(增订本)》,第259、260页。

这应该就是姚名达所说的 6 月 1 日师生叙别会，可见除了梁启超在自己召开同学宴请会上宣布要去避难、清华将无法继续开课，在这次王国维参加的师生叙别会上，梁氏又发表了类似的避难演讲。不仅如此，综合张旭光的文章，梁氏似乎透露出政治立场再次转变的苗头——他并没有抨击他一向反对的国民党，反而泛泛地鼓励同学参加政治活动。而王国维呢，听到梁启超要离京避难，他的第一反应也是避走他乡，所以问卫聚贤“山西怎样”。[①] 当然，接下来更令人惊惧的则是王国维被列入所谓《戏拟党军到北京后被捕的人物》，不管此事是否确凿，这一传言也足够给王国维不安的心理带来更多震惊。

关于此事，时居清华的梁漱溟晚年也有文章论及。写于 1985 年的《王国维自沉昆明湖实情》一文中，梁漱溟回忆：“一九二五年清华大学增设国学研究院，延聘梁任公、陈寅恪、赵元任、静安先生四位先生为导师，而我适亦借居清华园内……梁任公住家天津，而讲学则在北京，故尔，每每往来京津两地。某日从天津回学院，向人谈及他风闻红色的国民革命军北伐进军途中如何侮慢知识分子的一些传说。这消息大大刺激了静安先生。他立即留下‘五十之年

---

① 卫聚贤文章回忆的 1927 年 6 月 1 日宴会内容，有戴家祥晚年的回忆可为佐证，戴也认为梁启超在 6 月 1 日会上宣布辞职离京的事是造成王国维自沉的重要原因，不过，戴家祥理解为王与梁关系很好，王氏是同情梁、厌恶战事、担心时局动荡。（沙洲：《王国维死因又一说》，陈平原、王风编《追忆王国维（增订本）》，第 266 页。）

不堪(义无)再辱’的遗笔,直奔颐和园,在鱼藻轩前投水自沉。”①

就梁启超而言,他也认为王国维之死与其听闻北伐战事直接相关,他写给子女的信中谈起王国维事,语气颇为沉痛惋惜:“他平日对于时局的悲观,本极深刻。最近的刺激,则由两湖学者叶德辉、王葆心之被枪毙。……静公深痛之,故效屈子沉渊,一瞑不复视。此公……今竟为恶社会所杀,海内外识与不识莫不痛悼。研究院学生皆痛哭失声,我之受刺激更不待言了。”②可以看出,梁启超认为听说叶、王两人被北伐军枪毙是王国维投水的直接诱因。而这些消息是由什么人散布传播的,对梁启超来说似乎并不重要,他没有特别点出传播途径,只是表达了个人的惋惜之情,没有流露出为虑及王国维自沉一事上自己言行或有不妥之处、或有不良后果而产生的任何情感波动。当然,梁王二人立场不同、性格迥异,即使梁启超的言行某种程度上成为王国维之死的诱因,梁氏并无主观目的,确实也不负有责任。

那么,当时梁启超为何被传言卷裹?为何川田瑞穗谈及当下流言四布,首要的一个传言就是梁启超的嫉妒排挤造成

---

① 梁漱溟:《王国维自沉昆明湖实情》,陈平原、王风编《追忆王国维(增订本)》,第110页。

② 梁启超:《致孩子们书1927年6月15日》,《梁启超家书》(精校版),第160页,北京:中国言实出版社,2017年。

王国维之死？从川田瑞穗的悼文题目《悼王忠悫公》就可以见出他与清遗民群体立场一致，而且该文收入罗振玉编的《王忠悫公哀挽录》，那么他不认同梁启超的立场就可以理解了。如前所述，或许因为梁启超的声望与地位，当时国人写文章往往回避了实际上口传颇盛的有关梁启超传言。前文提到，曾经和王国维颇有往还的桥川时雄也提到过这一传言，他和川田瑞穗的信息来源似乎并不一致。桥川时雄是在1951年日本大阪举行王国维先生追忆会时提及这一传言的，而且指出当时吊王国维的诗中就有骂梁启超的。桥川时雄没有指明谁在骂梁启超，不过，陈寅恪当年所作《王观堂先生挽词》应该算是吊诗中最有名的一首了，而这首诗对梁启超就颇有讽意。

在挽词中，陈寅恪先把辛亥革命时东渡日本的王国维比作夷齐，“生逢尧舜成何世，去作夷齐各自天”；接着讲到溥仪被逐出宫时王国维就有自沉的打算，而胡适等学者珍惜推重王国维，于是把他荐到清华研究院，“鲁连黄鹞绩溪胡，独为神州惜大儒，学院遂闻传绝业，园林差喜适幽居”；然后写到梁启超，“清华学院多英杰，其间新会称耆哲。旧是龙髯六品臣，后跻马厂元勋列”。挽词中关于梁启超的四句有些突兀，与前后文的关系似乎也不够清楚。高阳认为这四句是全诗“最大的疑窦”：“陈寅恪此诗，最大的疑窦，即留在写梁启超的这四句诗中。……亦不知其对梁启超是捧是骂？此一绝大的矛盾，除了故留破绽，以供后人深思以外,无可解释。”①

蒋天枢在1954年间曾经就此诗中的掌故询问乃师,陈寅恪遂解释如下:

> 梁先生通电中比张勋为朱温,间亦诋康。费仲深树蔚(1883—1935)诗云:“首事固难同翟义,元凶何至比朱温。”梁先生当张勋复辟时避居天津租界,与段祺瑞乘骡车至马厂段部将李长泰营中,遂举兵。所发通电中并诋及南海,实可不必,余心不谓然,故此诗及之。“龙髯六品”“马厂元勋”两句属对,略符赵瓯北论吴梅村诗之旨。②

学者刘季伦认为,陈寅恪所谓“略符赵瓯北论吴梅村诗之旨”,指的是赵翼所说:“……梅村身阅兴亡,时事多所忌讳,其作诗命题,不敢显言,但撮数字为题,使阅者自得之。”他断定陈寅恪也是“多所忌讳”,“两句属对”只是讽刺梁启超的善变,并无另外的深意。③ 的确,从晚清“龙髯六品臣”跃身民国“马厂元勋列”,这个评价倒近乎鲁迅所谓“第一等高人”了,不可谓不讽刺。不过,陈寅恪自述挽词这几句“略

---

① 高阳:《笺陈寅恪王观堂先生挽词》,《高阳说诗》,第91、91页,沈阳:辽宁教育出版社,1998年。

② 《陈寅恪集·诗集》,第17页,北京:生活·读书·新知三联书店,2000年。

③ 刘季伦:《陈寅恪王观堂先生挽词并序诗笺证稿》,《东岳论丛》2014年第5期。

符赵瓯北论吴梅村诗之旨”，接着又说“此诗成后即呈梁先生，梁亦不以为忤也”，可见陈寅恪自己也认为挽词有梁氏“可以为忤”之处。既然骂了梁，又特意拿给梁看，陈寅恪为什么这样做？再看他向蒋天枢解释“今典”，还提到梁启超当年做“马厂元勋”时曾经“通电诋及南海”，而他对此很不以为然。康有为和梁启超曾有师生之谊，陈寅恪认为梁当年“诋及”康有为的举动，“实可不必”。而今王国维与梁启超同为清华研究院的教授，是否此时梁氏又发表了在陈寅恪看来是“实可不必”的类似言论？

的确，高阳岂不知“龙髯六品”“马厂元勋”之间呈现的讽刺并没有多么难以索解，但是在王国维挽词中忽然讽刺梁启超，而前后文间又显得孤立、突兀，显然不仅仅是讽刺一下梁之“善变”那么简单，因此只能是“故留破绽”。这个“破绽”，就有可能和梁启超在王国维死后所表现出来的态度有关。这样，也许可以理解陈寅恪挽词中接着上述四句诗而来的“鲰生瓠落百无成，敢并时贤较重轻”，这其中或许隐去了梁启超对王国维的评价（类似“通电中诋及南海”的行为），而陈寅恪并不认同，只是颇有意气地表示自己这“鲰生瓠落”的小人物和“时贤”不同调，另有看法。

那么，梁启超说了什么？如前所述，梁启超《王静安先生墓前悼辞》一开头就以孔子对伯夷叔齐“不降其志，不辱其身”的评价来赞颂王国维，这也一向被认为是梁氏尊重、推崇王国维的标志。不过，接下来梁启超却大谈王国维性格的三

种矛盾,颇有“盖棺定论”的意味:

> 王先生的性格很复杂而且可以说很矛盾:他的头脑很冷静,脾气很平和,情感很深厚……只因有此三种矛盾的性格合并在一起,所以结果可以至于自杀。他对于社会,因为有冷静的头脑所以看得很清楚;有平和的脾气,所以不能取激烈的反抗;有浓厚的情感,所以常常发生莫名的悲愤。积日既久,只有自杀之一途。……王先生的自杀是有意义的,和一般无聊的行为不同。①

在一位备受尊敬的同事的葬礼上,大谈其性格的矛盾,这于梁启超而言或者自有其理路。比如这可以让人联想起,他在徐志摩、陆小曼婚礼上就曾对新人有一番批评。细究梁氏这番“矛盾说”,措辞也有可商榷之处。“有平和的脾气,所以不能取激烈的反抗”,是否可以理解为性格之懦弱?“有浓厚的情感,所以常常发生莫名的悲愤”,既然“悲愤”是“莫名”的、没有道理的,是否可以理解为不理智、顽固易怒?这确乎不是什么赞美之词。而在遗老和持遗老立场者看来,这简直就是厚诬了。如果梁启超和王国维素昧平生,那么他自有臧否人物的言论自由,但是梁启超作为王国维的同事在墓前致辞,上述口吻显然

---

① 梁启超:《王静安先生墓前悼辞》,陈平原、王风编:《追忆王国维(增订本)》,第84页。

与人情有所不合。正如同梁氏在徐志摩婚礼上批评后者,这样的言论行诸身份地位名望高于自己的人,或有孑然矫俗之意,但是在葬礼和婚礼这样隆重严肃的场合,施之于不能开口申辩的同事或学生,求全责备的话,或不免有"欺之以方"之嫌。

小说《采薇》中,小丙君兴冲冲去见夷齐谈文学,回家后就批评夷齐的诗歌和文学观,更加指出"尤其可议的是他们的品格,通体都是矛盾"。"通体都是矛盾",是否与梁氏强调王国维性格上的三种矛盾相类?既然是去跟老头子"谈谈文学",怎么却指摘起人家的品格来了?夷齐死后,首阳村民来找小丙君为夷齐题碑,小丙君断然拒绝,发表了一通对夷齐的言行、诗歌再及品格的彻底否定的论调:行为上,夷齐跑到养老堂来,可又不肯超然;诗歌方面,夷齐作诗倒也罢了,但还要发感慨,不但"怨",简直"骂";回到行止、品格上,夷齐已经抛下祖业,做不成孝子了,到了这里又讥讪朝政,也不是良民。所谓"不但'怨',简直'骂'",和"莫名的悲愤"岂不是形成有趣的互训?在清华师生回忆中,梁启超对北洋政府和北伐军的政治立场都不做置评,反而泛泛鼓励同学参加政治活动,岂不是理路颇似小丙君既骂夷齐"让王"是不孝、又骂夷齐"叩马而谏"不是良民?质而言之,"抛下祖业""讥讪朝政"的抨击仿佛也可以移来指责王国维:如果不追随旧主溥仪而去,就是不忠不孝;在清华研究院领薪水,还要批评、反对管辖研究院的北洋政府,这就不是良民。这种指责,显然是非常没有道理、非常恶劣的,是"无特操"者对"特立独行”之士欲加之罪何患无辞的罪名罗织。

话说回来,梁启超是否像小丙君这样蓄意污蔑有所坚守、有所不为之士?当然不是。王国维死后,梁启超积极参与向北洋政府交涉,为王国维的家属争取抚恤金。而且,他虽然对王的处世言行不尽认同,还是肯定王国维践行了自己遵奉的儒家道德:“王先生的自杀是有意义的,和一般无聊的行为不同。”只是这个评价说来并不算高罢了。

小说《采薇》中,小丙君拒绝写碑文之后,为夷齐立碑的事就不了了之。而王国维去世后,清华方面由梁启超出面向北洋政府请求褒扬王国维,但据说因为“多数阁员根本不识‘王国维’其人名姓”,未被通过。[①] 当年王国维墓前没有立碑,后来的“海宁王静安先生纪念碑”,是在梁启超去世之后的1929年6月2日,清华国学研究院师生为纪念王国维去世二周年而集资建立的。此碑由梁思成设计,上面刻有陈寅恪撰写的著名碑文。

《采薇》以一个毁谤夷齐的谣言作为小说的结尾。因为人们议论中仿佛觉得夷齐之死与阿金姐“普天之下,莫非王土”的质问有关,于是阿金姐编出一套老天爷派母鹿给夷齐喂奶、夷齐却恩将仇报要杀鹿的谣言,听故事的人们呢,“不

---

① 吴其昌:《王国维先生生平及其学说》,陈平原、王风编:《追忆王国维(增订本)》,第221页。吴其昌是梁启超的学生,当时任梁氏的秘书。

知怎的,连自己的肩膀也觉得轻松不少了”,仿佛看见夷齐“正在张开白胡子的大口,拼命的吃鹿肉”。这个情节是有出典的,出自汉代刘向《列士传》。① 不过,将夷齐传说系列中罕见的这一恶意中伤作为《采薇》的收稍,不免令人想起王国维自沉后关于他的死因的种种传言。除了梁氏嫉妒说,流传更为广泛的则是因债务纠纷被罗振玉逼死说。后一说法晚近被证明是不存在的,但是当时影响非常大。流布这一传言最广的《王静安先生致死的真因》一文,作者“史达”是清华大学研究院的学生徐中舒(1925 年与姚名达同年考入清华研究院)。对遗民群体和持同情遗民立场的人而言,他们都把王国维视为忠贞不贰的贤良楷模,自然对于这种源自清华学生之口的“因债而死”论调非常反感,对于梁启超不能高度评价王国维也不满意。这种态度和情绪,可能就体现在他们的挽诗挽词中。

当然,鲁迅不会引遗老为同调,他对王国维的评价“老实到像火腿一般”也为人熟知,②这和遗民的态度是完全不同的。但是,面对“无特操”而又“肆毁”他人这种行为,鲁迅和遗民的反对立场却也有不谋而合之处。比如,陈寅恪曾批评梁启超对陶渊明的评价。梁启超写道,“其实渊明只是看不过当日仕途的混浊,不屑与那些热官为伍,倒不在乎刘裕的

---

① 关于鹿奶的传说,出自汉代刘向《列士传》,《琱玉集》(收入黎树昌编《古逸丛书》)转录。参见《鲁迅全集》第 2 卷第 431 页注释 33。

② 鲁迅:《谈所谓“大内档案”》,《鲁迅全集》第 3 卷,第 585 页。

王业隆与不隆","宋以后批评陶诗的人,最恭维他'耻事二姓',……这种论调,我们是最不赞成的"。[1] 陈寅恪指出,"斯则任公先生取自身之思想经历,以解释古人之志尚行动,故按诸渊明所生之时代,所出之家世,所遗传之旧教,所发明之新说,皆所难通"。[2] 在对陶渊明的评价上,鲁迅的思路也和陈寅恪有相通之处,他批评那些认为陶渊明"整天整夜的飘飘然"的人,指出陶渊明也有"金刚怒目"的一面。[3] 梁启超论陶渊明的文章题目是《陶渊明之文艺及其品格》,形成有趣对照的是,《采薇》中小丙君去访夷齐、谈文学理论,回来就批评夷齐的诗和他们的品格。而梁启超论陶渊明的文艺,似乎非常关注陶的"穷",说他"不过庐山底下一位赤贫的农民","实在穷得可怜"等等。[4] 鲁迅对此是不能同意的,他在《隐士》一文曾指出:"自然,他并不办期刊,也赶不上吃'庚款',然而他有奴子。汉晋时候的奴子,是不但侍候主人,并且给主人种地,营商的,正是生财器具。所以虽是渊明先生,也还略略有些生财之道在,要不然,他老人家不但没有酒喝,而且没有饭吃,早已在东篱旁边饿死了。"[5]鲁迅又说,

---

① 梁启超:《陶渊明之文艺及其品格》,《梁启超古典文学论著》,第296、299页,上海:上海书店出版社,2013年。

② 陈寅恪:《陶渊明之思想与清谈之关系》,《陈寅恪集·金明馆丛稿初编》,第228页,北京:生活·读书·新知三联书店,2001年。

③ 鲁迅:《"题未定"草(六至九)》,《鲁迅全集》第6卷,第436页。

④ 梁启超:《陶渊明的文艺及其品格》,《梁启超古典文学论著》,第299页,上海:上海书店出版社,2013年。

⑤ 鲁迅:《隐士》,《鲁迅全集》第6卷,第231、232页。

“每见近人的称引陶渊明，往往不禁为古人惋惜”，①“近人”中，也许包括梁启超？

鲁迅恐怕更不认可梁启超的诗论。梁启超谈《诗经》时，大力反对《毛诗序》的“美刺”说。他提倡“感情说”，他认为，如果按照“美刺”说：“则三百篇之作者乃举入一黄蜂，终日以蜇人为事！自身复有性情否也？三百篇尽成‘爰书’，所谓温柔敦厚者何在耶？”②对照《采薇》中小丙君第一次对夷齐诗歌的批评：一是穷，做不出好诗；二是“有所为”，失了诗的“敦厚”；三是有议论，失了诗的“温柔”。再对照小丙君在夷齐死后对“采薇歌”的批评：“你瞧，这是什么话？温柔敦厚的才是诗。他们的东西，却不但‘怨’，简直‘骂’了。没有花，只有刺，尚且不可，何况只有骂。”以“温柔敦厚”否定“刺”，这分明就是戏拟梁启超的诗论。

表面看来，遗老、遗民问题在鲁迅的视野中似乎是个不成问题的问题，他直接论及的文字也比较少，不过，王国维自沉以一种极端的方式显示出中国传统知识分子（尤其是儒家知识分子）在现代中国的困境，而知识分子问题一向是鲁迅关注、反思的对象，作为现代中国文化重要事件的王国维自

---

① 鲁迅：《“题未定”草（六至九）》，《鲁迅全集》第6卷，第436页。

② 梁启超：《要籍解题及其读法》，第80页，长沙：岳麓书社，2010年。

沉,自然激发了鲁迅详加考究、向文化深处追索的动机。

如前所述,鲁迅早在1926年即有以八篇“故事新编”检讨中国文化的构思,那么在思考联系着儒家文化基本问题的夷齐故事时,鲁迅将王国维自沉的事件纳入视野,这符合他一贯的思路,于是,北伐、张作霖、清华园、梁启超等等也就改头换面进入了小说《采薇》之中。鲁迅不知不觉又将梁启超对王国维的态度放在考量的重点,显示出对夷齐以及王国维的“坚守主义”的理解上与梁启超的不同,这就涉及中国现代史上非常重要的一个问题——如何评价儒家个人主义。实际上,《采薇》中夷齐抱定的“坚守主义”,也就是孔子所谓的“不降其志,不辱其身”,也就是一种可称之为“儒家个人主义”的立场。而鲁迅对这种儒家个人主义的评价,则是既有肯定又有批判,显示出非常复杂的心态。可以说,梁启超作为一位现代学者的立场,构成了鲁迅思考此问题时必然触及的一个向度。

4. 鲁迅的儒家个人主义批判与现代知识分子问题

茅盾一向鼓吹鲁迅《故事新编》所体现出来的“可贵的楷式”,在为宋云彬的历史小说集《玄武门之变》作序时,他以《故事新编》为最高的标准,指出鲁迅的手法是“将古代和现代错综交融,成为一而二,二而一”,[1]这是非常敏锐的观

① 茅盾:《序》,宋云彬:《玄武门之变》,第3页,开明书店,1937年。

察。《采薇》以及《故事新编》中其他小说，正是既能够“解释古事”，同时“激发现代人所应憎与应爱”，两者是一体的。现代以历史为题材的作品，其创作方法往往就是两个类型：解释（重新解释史料）和讽喻（以史事影射现实），前者是以今释古，后者是以古讽今。那么，鲁迅在小说《采薇》中重塑的夷齐形象究竟“错综交融”了怎样的“古”与“今”？

前文分析《采薇》中夷齐形象的最初构思很可能与1927年王国维自沉事件有关。王国维自身有着浓厚的夷齐情结，他的自沉昆明湖也曾引发巨大的反响与争议，以罗振玉为代表的清遗民将他的死看作忠君的表现，认为他是为清王朝而殉葬，梁启超则在王国维的葬礼上将他的死归于个性上不可调和的矛盾，而矛盾背后其实是新旧文化、新旧知识型的冲突，另外，陈寅恪则认为王国维的死不是系于一姓或一个朝代，而是身殉中国传统文化，崇高而悲慨。

如果说《采薇》中的夷齐之死包含了鲁迅对于王国维自沉的文化思考以及由此而追踪、上溯的儒家问题，那么，小说中的夷齐形象和王国维之间又有哪些内在的关系？对王国维自沉的三种不同理解与阐释，以罗振玉为代表的“殉清说”，以陈寅恪为代表的“殉文化说”，都突出了王国维的气节与坚守，以梁启超为代表的“矛盾说”则侧重过渡时代知识分子的困境，而这些评价所指涉的价值立场，在小说《采薇》中夷齐的“坚守主义”和小丙君对其“通体都是矛盾”的批评上都有所呼应。

自小说《采薇》面世以来,读者往往将夷齐兄弟视为被批判的否定性人物。有人认为,《采薇》是“对现实中盲目的正统观念者予以嘲笑”,①批判了夷齐“死守陈腐教条的顽固态度”。② 有人强调,小说“深刻地揭露了他们当作宗教信条崇奉的‘礼让’、‘仁义’、‘忠孝’的虚伪性”。③ 有人则认为,小说主要批判和讽刺了伯夷叔齐的“幼稚幻想和迂腐行动”,以及“忠君思想和正统观念”,不过,夷齐身上还有“某些可爱的性格和优良的品质”,“他们的骨头都很硬,不肯随便向人低头;他们有所不满,有所不为,甚至敢作诗发议论,发感慨,讥讪朝政,攻击时弊”,④比起“卖身投靠、毫无气节”的小丙君以及只听命于主子、学舌于主子的阿金姐,夷齐倒是颇具气节。总的来说,对《采薇》的理解大体都认为在批评伯夷叔齐:批判他们“让王隐居”“首阳采薇”是“软弱”,“逃避现实”;批判他们“叩马而谏”“首阳采薇”是死守“盲目的正统观念”,“迂腐”,“顽固”;总之,他们的不满、他们赋“怨而骂”的“采薇诗”表现了自身“通体都是矛盾”。⑤

---

① 李桑牧:《卓越的讽刺文学——〈故事新编〉》,《鲁迅小说论集》,第 191 页,武汉:长江文艺出版社,1956 年。

② 李桑牧:《〈故事新编〉的论辩和研究》,第 273 页,上海:上海文艺出版社,1984 年。

③ 韩日新:《〈采薇〉初探》,《鲁迅研究资料》1982 年 1 月。

④ 何家槐:《对于〈采薇〉的一些理解》,《语文学习》1956 年第 10 期。

⑤ 王瑶:《〈故事新编〉散论》,《中国现代文学史论集》,第 104 页,北京:北京大学出版社,1998 年。

值得注意的是，小说《采薇》中“通体都是矛盾”是小丙君对夷齐的评价。为何说他们是矛盾的？夷齐行为上的矛盾主要体现为在武王伐纣之前，他们在商纣王治下采取了“让王而隐”、投奔文王“养老堂”的消极不合作态度，但是在武王伐纣之后，却以“叩马而谏”的方式反对武王“以下犯上”，并且因此离开养老堂，“不食周粟”。在小说中，小丙君认为夷齐“让王而隐”就是“超然”，而叩马而谏、赋采薇诗反对以暴抗暴则是“不肯超然”。同时，夷齐批评武王“不忠不孝”，而他们自己在商纣王治下“让王而隐”本身也是“不忠不孝”的。其实，小丙君的批评在这里搁置了一个最重要的前提，就是武王伐纣所带来的“易代”(革命)问题。显然，伐纣之前，如果夷齐的避居养老堂是“超然”的话，那么“首阳采薇”已经不再是“超然”，而是持反对立场的消极反抗；伐纣之后，如果夷齐是以“忠孝”为标准来批评武王伐纣的正当性，那么他们早年的“让王”本身并不构成对“忠孝”的违逆，因为他们的行为并未影响孤竹国的秩序(按照传说，他们互相让王、兄慈弟悌的行止符合自己信守的道德伦理，而且，老大伯夷老三叔齐离开之后，还有老二继承孤竹国的王位)。反过来说，是汤武革命这一件大事改变了他们“超然”的处境。因此，他们并未感到自身有任何矛盾之处。有意思的是，从武王伐纣开始叙述的小说《采薇》，强调的恰恰是伯夷叔齐的“坚守主义”，他们的确认为自己是一以贯之的，对于自己信守的伦理准则体系毫不动摇。

换个角度来说,就是夷齐自身言行并无矛盾,完全符合他们所信奉的伦理价值,但是汤武革命造成的易代处境,使他们的外在似乎有了前后截然不同的表现:从“超然”到“叩马而谏”“赋诗明志”。可以说,从他们对自己的信仰之坚持来看,确乎是奉行了“坚守主义”的。就小丙君来说,他不认可夷齐的“先王之道”与周武王的“王道”有所不同,而且将“天命”归于得胜的周朝,那么,在他的评价中夷齐必然是矛盾的了。

如前所述,现代研究者在讨论小说《采薇》时,批评夷齐所谓的“仁义”“忠孝”“正统”“气节”,认为这些正是“迂腐”“教条”“软弱”“逃避”的表现。关于夷齐的描述形成了价值观彼此对立的两种话语,前者代表了儒家思想,后者可以看作现代研究者对于儒家的批判。确实,夷齐在中国传统中是非常重要的儒家文化人物。可以说,夷齐的矛盾,在现代研究者看来,其背后正是儒家的矛盾。前文曾指出,夷齐的“叩马而谏”“首阳采薇”与武王伐纣之“王道”之间是否“理无二是”的问题在儒家文化传统中一直不乏争议。从孔子到朱熹,都以一种“求仁得仁”“道并行而不悖”的解说方式来调和夷齐评价上的这一矛盾。这一矛盾当然是构成小说《采薇》中夷齐“通体都是矛盾”的根本原因。

小说《采薇》中夷齐行事原则的定位就是“坚守主义”,如何理解作为儒家文化代表人物的伯夷叔齐之“坚守”与“矛盾”,正是小说《采薇》的关键。在儒家的表述中,夷齐的这种“坚守”是“不降其志，不辱其身”，是有所不为的“狷”，是临难不苟的“气节”，也是“虽千万人，吾往矣”的特立独行。《伯夷列传》的体例在《史记》中显得非常突兀，用了四分之三的篇幅在发议论，只用了四分之一的篇幅记载伯夷叔齐事迹。在四分之三篇幅的议论中，首先提出了一个人物评价问题：为什么孔子高度评价泰伯、伯夷，同样有“让王”之举、其义至高的许由、务光，却没有得到更多的评述？其实，孔子对此早有答案。他以“求仁得仁”来肯定夷齐（《论语·述而》），赞其“不食周粟”为“不降其志，不辱其身”（《论语·微子》）。在这里，“仁”“志”为夷齐所求，而非“名”。什么是夷齐所求的“仁”？这里且不讨论孔子之“仁”的具体内涵，小说《采薇》对孔子评价的回应却也有线索可寻。小说开头一节，就描写叔齐向伯夷转述纣王的残暴，两人都摇头；继而叔齐听到伤兵议论武王伐纣的残暴，接着向伯夷转述，两人这才决定离开养老堂。反对残暴，同时反对以暴易暴，这可以理解为夷齐所求的“仁”。这里，“仁”指向的是他人，是“群”。那么，什么是夷齐不肯降的“志”？所谓“志”（不同于“道”），正是夷齐的“坚守主义”，他们有自己的认同和反对，对于自己的信念始终持守，这里的“志”指向的是自己。

这种“不降其志”的“坚守主义”，在儒家思想中指向个人修身的一面，更多的是逆境中的有所不为，即“狷”，即“节”。《论语·子路》如是说：“不得中行而与之，必也狂狷乎。狂者进取,狷者有所不为。”何晏《论语集解》进一步解释:“狂者进取于善道,狷者守节无为。”《孟子·尽心下》指出狂狷是次于“中道”的选择:“孔子不得中道而与之,必也狂狷乎。……孔子岂不欲中道哉,不可必得,故思其次也。……狂者又不可得,欲得不屑不絜之士而与之,是狷也。”

鲁迅在《魏晋风度与文章及药与酒的关系》中对“狂狷”有非常精彩的阐发。嵇康、刘伶身上更多的是带有叛逆色彩的“狂”,但是内里则是有所不为的“狷”。“狂狷”的对立面则是“乡愿”:“非之无举也,刺之无刺也,同乎流俗,合乎污世,居之似忠信,行之似廉絜,众皆悦之,自以为是,而不可与入尧舜之道,故曰德之贼也。”(《孟子·尽心下》)章太炎曾经将“志节之士”与“俗儒乡愿”对立论述:“自古志节才行之士,内不容于谗构,奉身而出,语稍卓诡,而见诋于俗儒乡愿者皆是也。”①“狷”也好,“节”也好,这些儒家思想中带有个人主义色彩的部分,固然更多指向个人的修身,而特立独行也最容易招致诋毁。小说《采薇》中夷齐死后被小丙君和阿金姐污蔑正是如此。

王国维自沉所引发的争议显然也因不同学者对“狷”“节”的理解而产生差异。“殉清说”是把“狷节”理解为“忠”,“矛盾说”是把“狷节”理解为“不能放弃旧观念、内心

① 台湾旅客(章太炎):《答学究》,《清议报》1899年第14期。

矛盾冲突而毫无出路”,而“殉文化说”则把“狷节”理解为“不惜以牺牲体现对一种崇高理念的信奉与坚持”。这三种评价,在某种程度上正对应着从小说文本到历史话语对伯夷叔齐的不同评价,同时也联系着现代知识分子对于儒家思想,尤其是带有个人主义色彩的儒家之狷、节观念的不同认知。

将王国维的自沉理解为“殉清”,理解为“忠君”,这种观念遭到了很多现代学者的质疑,同样,小说《采薇》中夷齐所表现出来的坚守与狷节,显然也并非针对商纣王这一君王的“忠”。

汉代以下,关于夷齐的名节问题往往集中在“坚守”与“顺应”何去何从,重点就在于辨析夷齐与武王孰是孰非,夷齐是否忠诚于前朝旧君,这一点在传统的叙事文学中体现得很明显。小说《武王伐纣平话》的逻辑是崔述“辟纣与叩马理无两是”式的否定夷齐。《武王伐纣平话》重写了《伯夷列传》开启的叩马而谏、首阳采薇两个主要情节,又作了一些修正。在叩马而谏的场景中,夷齐谏武王:“臣不可伐君,子不可伐父。启陛下:父死不葬,焉能孝乎?臣弑君者,岂为忠乎?”这基本是沿用《伯夷列传》的记述。不过,接下来夷齐试图用“前面飑尘遮日”不利于行军的说法来阻止武王:“陛下望尘遮道,今日谏大王休兵罢战。……大王有德,纣王自败也。”但武王亲自回答自己本是“顺天意”而行,反驳了夷齐“臣不可弑君”的论调。[1]《武王伐纣平话》中,夷齐口中对武王称“小臣”,又直接对武王承认纣王之无道,这都是小说的增益之处。显然作者认为不管是纣王治下还是武王治下,夷齐一样都是“臣民”,都要遵守“臣德”,连他们反对伐纣的理由也非常牵强,好像成了反战的“和平主义者”,让武王修德,等候纣王“自败”。而小说《采薇》中夷齐未曾对武王“称臣”。

与《史记》记述的由姜尚来应付夷齐不同,《平话》接着又写武王直接反驳上述谏言:“纣王囚吾父,醢吾兄;损害生灵,剥戮忠良……朕顺天意,伐无道之君……若不伐之,朕躬有罪。卿等且退。”当夷齐坚持己见时,武王发怒,“遂贬二人去首阳山下,不食周粟,采蕨薇草而食之,饿於首阳之下化作石人”。这样,首阳采薇就由夷齐的主动选择,变成了被武王惩罚的结果,不仅“去首阳山下”是武王所贬,连不食周粟也变成武王的命令,于是“采蕨薇草”就成了不得已而为之的被迫举动,结果是饿死,化作石人。接下来,小说用两首诗来表明叙述者的立场:

> 后有诗篇证。诗曰:
>
> 让匪巢由义亦乖,不知天命匹夫灾;

---

① [元]佚名:《武王伐纣平话》,第72页,上海:中国古典文学出版社,1956年。

将图暴虐诚能阻,何时崎岖助纣来。

又诗曰:

孤竹齐夷耻战争,望尘遮道请休兵;

首阳山倒有平地,应是无人说姓名。①

第一首诗用到了“义乖”“天命”的说法。在《史记》《庄子》中都被颂扬的具有“让德”的巢由,其所秉持的“义”被批评为乖谬,理由是匹夫不知天命。这是批评了夷齐互相让国的“让德”,而阻止武王讨伐暴虐的商纣,也成了变相的助纣为虐。第二首主要侧重夷齐的后世评价问题。“首阳山倒有平地,应是无人说姓名。”仿佛说,朝代更迭、历史变迁,饶是有高山颓倾变成平原的巨变,夷齐也只能是被人彻底遗忘。显然,叙事者相信“天命”和“正义”都在讨伐暴君的武王一边,夷齐的“让德”和“耻战争”都是违背历史潮流的,只能被历史无情地淘汰、湮没无闻。小说《采薇》中小丙君对伯夷叔齐的批评也包含了这种“不知天命匹夫灾”的意味。

《封神演义》是以《武王伐纣平话》为蓝本创作的,但夷齐故事的叙述发生了变异。叩马而谏、首阳采薇依然是夷齐故事的重点。第六十八回《首阳山夷齐阻兵》,描写姜子牙

① [元]佚名:《武王伐纣平话》,第72、73页,上海:中国古典文学出版社,1956年。

上表,请武王征伐商纣,“以顺天人之愿”,武王称赞子牙所请“正合天心”,于是起兵伐纣,路过首阳山,夷齐叩马而谏。这里,夷齐仍沿用《伯夷列传》中“父死不葬”的说法,不过,他们却先抬出文王来表露心迹:“臣受先王养老之恩,终守臣节之义,不得不尽今日之心耳。”又提出后世之名来提醒武王:“臣恐天下后世必有为之口实者。”不仅口中称臣,在为武王打算,而且完全是“忠谏”的口吻。小说没有描写武王的反应,写的是帐前的军士被阻拦、大怒,“欲举兵杀之”,姜子牙拦住:“不可,此天下之义士也。”“忙令左右扶之而去,众兵方得前进。后伯夷、叔齐入首阳山,耻食周粟,采薇作歌,终至守节饿死。至今称之,犹有余馨。”①

显然,《封神演义》的叙述更接近《伯夷列传》,对夷齐的评价很高,一反《武王伐纣平话》那种接续《列士传》《古史考》对夷齐的贬抑倾向。第九十八回《周武王鹿台散财》重述夷齐首阳采薇一段情节,则有很精彩的生发,虚构了他们避居首阳的直接动因,即夷齐与伐纣后班师回朝的姜子牙一行队伍的相遇:

> 子牙一路行来,……兵过首阳山。只见大队方行,前面有二位道者阻住,……却是伯夷、叔齐。……伯夷

① [明]许仲琳编、施禺校点:《封神演义》,第469、700、701页,郑州:中州古籍出版社,1997年。

> 曰:"姜元帅今日回兵,纣王致于何地?"子牙答曰:"纣王无道,天下共弃之。……至血流漂杵,纣王自焚,天下大定。……诸侯无不悦服,尊武王为天子。今日之天下,非纣王之天下也。"子牙道罢,只见伯夷、叔齐仰面涕泣,大呼曰:"伤哉!伤哉!以暴易暴兮,予意欲何为?"歌罢,拂袖而回,竟入首阳山,作"采薇"之诗,七日不食周粟,饿死首阳山。①

之前第九十五回《子牙暴纣王十罪》、第九十六回《子牙发柬擒妲己》、第九十七回《摘星楼纣王自焚》等章节已经详细描写了征讨纣王的细节。这里,再由姜子牙口中道出"血流漂杵""纣王自焚"的暴力战争场面,使得夷齐对"以暴易暴"的事实发出"伤哉"的痛呼,成为他们避居首阳、不食周粟的最直接动因。可以看出,在避居首阳的具体时间和触发动机方面,鲁迅《采薇》与《封神演义》有一脉相承之处。鲁迅又有更精彩的重写,他将过于戏剧化的夷齐拦截姜尚、听闻残酷战争的场面,变成叔齐从已经下了战场的伤残周兵那里听说。

《封神演义》对夷齐的评价比《武王伐纣平话》高很多,从不无贬抑转而颇为颂扬,其颂扬重点是夷齐的"忠心""念旧""重名节"。夷齐对武王叩马而谏也是以"忠"为核心:"今纣王,君也,虽有不德,何不倾城尽谏,以尽臣节,亦不失

① [明]许仲琳编、施禺校点:《封神演义》,第700、701页,郑州:中州古籍出版社,1997年。

为忠耳。”①小说延续《武王伐纣平话》的论赞方式,用了一首诗来赞美夷齐:

> 昔阻周兵在首阳,忠心一点为成汤。
> 三分已去犹啼血,万死无辞立大纲。
> 水土不知新世界,江山还念旧君王。
> 可怜耻食甘名节,万古犹存日月光。②

既肯定武王伐纣的正当性,又肯定夷齐对“旧君王”成汤的“忠心”是“万死无辞立大纲”,显然近于朱熹的观点。这是儒家处理汤武革命、朝代更迭造成的士大夫之出处困境的一种典型方式,既肯定革命的正当性、正义性,又肯定忠诚前朝、重名节的操守。

因为执着于周武王的“王道”与“忠顺”的臣德,《武王伐纣平话》僵硬地秉持伐纣的正当性而贬斥夷齐不知“天命”,这必然与自孔子以来儒家对伯夷的表彰产生矛盾。《封神演义》则更圆熟地运用了宋儒朱熹“道并行不悖”的论调,进而表彰“甘名节”的夷齐“万古犹存日月光”。质而言之,将夷齐反对以暴易暴、反对不仁不孝而不食周粟的“狷”“节”转化为对前朝的“忠”,本身就是一个非常有意味的误读。我

① [明]许仲琳编、施禹校点:《封神演义》,第469页,1997年。
② [明]许仲琳编、施禹校点:《封神演义》,第701页。

们审视中国古代政治道德的演变,可以发现,在西周时代并无"忠"的概念。从春秋到战国初年,"忠"的价值主要发挥的对象是"国家社稷",这是一种"君德"。到了战国后期,《吕氏春秋》将"忠"界定为"臣德",但认为如果国君听不进忠臣执言,臣不需要对后果负责。一直到了汉代,"忠"的概念变为专指"臣德"。① 在这个意义上,《封神演义》表彰了夷齐对于商纣王的"忠",而没有因为纣王本人的无道而影响到对夷齐之"忠"的评价。夷齐固然指责武王"不忠",他们自己对商纣王并无"忠"的义务,更不曾效忠于纣王,他们的叩马而谏、首阳采薇都不是为了"忠于"纣王。

反观罗振玉对王国维"殉清"的解释,我们看到的是站在旧王朝的立场来鼓吹王国维对于清朝和溥仪的忠诚,而因此批评王国维之"愚忠"的人,则是站在反传统的立场上批评王国维的"迂腐""顽固",他们的逻辑其实和《武王伐纣平话》并无不同,只是各自的立场相异而已。可以说,在这一点上,持"殉清说"的观点来赞美或反对王国维之"忠",或因立场,或因理解力,其持论甚至不及《封神演义》所达到的"道并行不悖"的水平。

郭沫若曾经试图通过另一种阐释发掘伯夷叔齐故事中

① [日]佐藤将之:《中国古代的"忠"论研究》,第43—45页,台北:台湾大学出版中心,2010年。

的文化价值。诗剧《孤竹君之二子》写于1922年,极力鼓吹夷齐之“独善的大道”。他们让王、避居,是为了不愿意过那“奴隶生涯”,不愿意生活在虚伪的礼教之中。伯夷在东海之滨高歌:

> 可怜无告的人类哟!
> 他们教你柔顺,教你忠诚,
> 教你尊崇名分,教你牺牲,
> 教你如此便是礼数,如此便是文明;
> 我教你们快把那虚伪的人皮剥尽!
> ……
> 我在这自然之中,在这独善的大道之中,
> 高唱着人性的凯旋之歌,表示欢迎!①

在郭沫若看来,夷齐反对武王以暴易暴的“采薇诗”正说明了他们前后行事的一致性,因为他们反对周武王用兵,不是出于尊王,不是替殷纣王辩护,而是反对不义之战——“家天下的私产制度下的战争”。因此,他们是古代的“非战主义者”“无治主义者”,而这一点在之前的让王、避居就已经体现了出来。

---

① 郭沫若:《孤竹君之二子》,《郭沫若全集·文学编》第1卷,第228页,北京:人民文学出版社,1982年。

郭沫若对夷齐的新说固然与他当时接受无政府主义思想有关，同时他对夷齐避居东海之滨的解释也与中国传统的隐逸思想不无关涉。隐逸从来就有儒家与道家两种不同的立场，郭沫若将夷齐视为“无治主义者”倒更接近道家的认知。虽然夷齐一直是儒家所肯定的义人，道家曾经批评夷齐“死于名”，但另一方面也曾经争夺夷齐故事的话语权，称他们“独乐其志”。《庄子》外篇《让王》中记录夷齐拒绝武王对其封官晋爵的许诺，他们指责武王“扬行以说众，杀伐以要利，是推乱以易暴也”，进而赞扬夷齐“高节戾行，独乐其志”。这里，《孤竹君之二子》与《庄子·让王》形成非常有趣的对照。

郭沫若思想转向之后当然抛弃了这种“独善的大道”，不过，在他的诗剧写作之前，胡适早就在写于 1920 年的《非个人主义的新生活》一文中批判了这种“独善的个人主义”。胡适认为存在三种个人主义：假的个人主义（为我主义，Egoism）、真的个人主义（个性主义，Individuality）、独善的个人主义。抛开“为我主义”不谈，胡适判断现代中国最应该扬弃的就是这种“独善的个人主义”：“不满意于现社会，却又无可如何，只想跳出这个社会去寻一种超出现社会的理想生活。”[①]在胡适看来，个人终究不能离开社会而生活，固然古

① 胡适：《非个人主义的新生活》，欧阳哲生编：《胡适文集》第 4 卷，第 565 页，北京：北京大学出版社，1998 年。

代离群索居式的隐逸不足取,同时代部分新文化人热衷的“新村运动”也是这种“独善的个人主义”之变形。

这种观点在民国时期很普遍。叶圣陶写过一篇《独善与兼善》,他否定“独善”,肯定“兼善”,其实也是把“独善”看作了一种与“群”的利益无干、与社会隔绝的个人主义。可以说,在胡适和叶圣陶那里,“独善的个人主义”中是没有任何“群”或社会的考量的,因此是应该被否定的。

如果说“独善”可能被曲解成拒绝“群”的出世的个人主义,小说《采薇》其实还提出了“坚守”“狷”“节”的另一种失落的可能。小说开头伯夷叔齐议论朝政,较为退缩的伯夷疑虑自己与叔齐身居西伯养老堂,对此“不该说什么”,叔齐则认为那样“我们可就成了为养老而养老了”。后来,他们终于还是做出了叩马而谏的举动。

“为养老而养老”,“为节而节”,这就是狷节失落的可能。冯雪峰对此有过非常精彩的辨析,他指出,夷齐固然有独立的精神、尊贵的节操,但这种精神和节操在后世被抽象出来,被当作“独立的人生目的”时,就变成了一种空虚的德行的追求——“为节而节”,最终甚至走向自身的反面——“变节”,具体的实例就是周作人。[1]

---

① 冯雪峰:《谈士节兼论周作人》,《乡风与市风》,第96页,重庆:作家书屋,1944年。

反观小说《采薇》,伯夷叔齐的“坚守”背后不仅仅是个人的问题,而是关乎他们的信仰,这信仰又是具体而非抽象的,即“先王之道”。然而,鲁迅还是描写了伯夷存在着“为节而节”的可能性。小说的处理方式是将伯夷叔齐两兄弟的性格做了一些区分,这尤其体现在夷齐到了首阳山之后的描写上。鲁迅《采薇》中,居于首阳山的夷齐招来了一众看客,这个情节在清代艾衲居士的小说《豆棚闲话》中有着非常相似的构思。《采薇》中夷齐对看客表现出不同态度的人物性格设定,和《豆棚闲话》形成非常有趣的对照。以往的伯夷叔齐故事对兄弟两个一向是相提并论、不作区分,艾衲居士《首阳山叔齐变节》则将伯夷和叔齐从性格上分别开来,进而虚构出两人避居首阳之后心态迥异的情节。在兄弟让国的叙述中,奠定了两人不同的性格取向:“伯夷生性孤僻,不肯通方,父亲道他不近人情,没有容人之量,立不得君位,承不得宗祧。将死之时,写有遗命,道叔齐通些世故,谙练民情,要立叔齐为君。”①这显然可以在鲁迅《采薇》对夷齐兄弟不同性格的塑造以及在叔齐反思让国旧事的描绘中找到呼应。

《首阳山叔齐变节》以首阳山故事为主,兄弟相让和叩马而谏都简略一笔带过。小说写夷齐上山之后,忽然有许多人效仿,跟风上山,“弄得一个首阳本来空洞之山,渐渐挤成

---

① [清]艾衲居士等著、王秀梅点校:《豆棚闲话　醒梦骈言》,第53页,北京:中华书局,2007年。

市井”。这时候,伯夷“念头介然如石”,“终日徜徉啸傲,策杖而行,采些薇蕨而食”,而叔齐却不耐烦起来,心思活络、不无世故的他幡然动念:

> 近来借名养傲者既多,而托隐求征者益复不少,满山留得些不消耕种、不要纳税的薇蕨赀粮,又被那会起早占头筹的采取净尽。……猛然想起人生世间,所图不过“名”“利”二字。我大兄有人称他是圣的、贤的、清的、仁的、隘的,这也不枉了丈夫豪杰。或有人兼着我说,也不过是顺口带契的。……古人云:“与其身后享那空名,不若生前一杯热酒。”①

这里显然针对的是“名节”说。“借名养傲者”“托隐求征者”的层出不穷,使得真正重视名节、真正洁身自好的人对于已经被败坏了声誉的“名节”“隐逸”也唯恐避之不及,这正符合鲁迅在《魏晋风度及文章与药及酒的关系》中刻画的佯狂者反对礼教的内在逻辑。

《首阳山叔齐变节》中,叔齐虽然质疑了名节,但他依旧不能完全否认儒家伦理,于是从儒家伦理内部为自己“变节”下山寻找理由:“我们乃是商朝世胄子弟,家兄该袭君

---

① [清]艾衲居士等著、王秀梅点校:《豆棚闲话　醒梦骈言》,第56页。

爵，原是与国同休的。如今尚义入山，不食周粟，是守着千古君臣大义，却应该的。我为次子，名分大不相同，当以宗祠为重。”于是，“尚义”“名节”成了贵胄的责任，该袭君爵的长子伯夷就要“不食周粟”，次子叔齐则可以不选择“守君臣大义”，而选择“以宗祠为重”，求生也就有了正当的名义、名分。然而，当叔齐面对想要恢复商汤的殷遗民时，他的道理总是难以讲通的。不得已，艾衲居士最后引入了道家的“齐物论”，让齐物主作为天神从天而降，面对想变节下山的叔齐与想恢复商汤的顽民，发言调和：

> 齐物主……开口断道：“众生们见得天下有商周新旧之分，在我视之，一兴一亡，就是人家生的儿子一样，有何分别？譬如春夏之花谢了，便该秋冬之花开了，只要应着时令，便是不逆天条。……”
>
> 齐物主道：“道隆则隆，道污则污，从来新朝的臣子，那一个不是先代的苗裔？该他出山同着物类生生杀杀，风雨雷霆，俱是应天顺人，也不失个投明弃暗。”众顽民道：“今天下涂炭极矣，难道上天亦好杀耶？”齐物主道：“生杀本是一理，生处备有杀机，杀处全有生机。尔辈当着场子，全不省得！”

那么，艾衲居士果然用道家的“齐物论”否定了儒家的“道义”吗？小说结尾偏偏用“总评”（正如章回小说《封神演

义》的诗赞)来道出作者的态度:①

> 总评:满口诙谐,满胸激愤。把世上假高尚与狗彘行的,委曲波澜,层层写出。其中有说尽处,又有余地处,俱是冷眼奇怀,偶为发泄。若腐儒见说翻驳叔齐,便以为唐突西施矣。必须体贴他幻中之真,真中之幻。明明鼓励忠义,提醒流俗,如煞看虎豹如何能言,天神如何出现,岂不是痴人说梦!②

联系小说以“变节”而非“悟道”为题,显然是以叔齐为非,并非为“变节”翻案。所谓“幻中之真,真中之幻”,不过是假借叔齐来敷衍故事,并非真要诋毁“名节”“高士”。艾衲居士借虚构叔齐之变节,层层写出“假高尚与狗彘行”,本意恰是“鼓励忠义,提醒流俗”。这里出现了一种文学的反讽,艾衲居士写出了从“名节”到“变节”的可能,然而又在曲终奏雅的“总评”中回到了“忠义”的儒家正统观念。不过,小说却揭示了儒家个人主义的“名节”如果失去了内在矛盾和张力,反而会变成“空名”,导致“变节”。

---

① 总评署紫髯狂客,但和艾衲居士一样,情况不详,有可能是同一人。参见顾启音:《〈豆棚闲话〉序说》注释2,[清]艾衲居士等著、王秀梅点校:《豆棚闲话 醒梦骈言》,第8页,北京:中华书局,2007年。

② [清]艾衲居士等著、王秀梅点校:《豆棚闲话 醒梦骈言》,第61页,北京:中华书局,2007年。

这里再次回到王国维的评价问题，那么，如何看待陈寅恪的“殉文化说”？陈寅恪在《王观堂先生挽词》序中的说法为人所熟知：

> 凡一种文化值衰落之时，为此文化所化之人，必感苦痛，其表现此文化之程量愈宏，则其所受之苦痛亦愈甚；迨既达极深之度，殆非出于自杀无以求一己之心安而义尽也。吾中国文化之定义，具于《白虎通》三纲六纪之说，其意义为抽象理想最高之境，犹希腊柏拉图所谓 Eidos 者。若以君臣之纲言之，君为李煜，亦期之以刘秀；以朋友之纪言之，友为郦寄，亦待之以鲍叔。其所殉之道，与所成之仁，均为抽象理想之通性，而非具体之一人一事。①

陈寅恪的“殉文化说”中有两点值得注意，一是“求一己之心安”，一是“殉抽象理想”。如果把王国维自杀也视为一种坚守的话，那么他是为了“一己之心安”而坚守，而他坚守的“道”与“仁”则是作为“抽象理想”的中国文化。陈寅恪等同时代人都把王国维视为夷齐一样的人物，王国维也有非常浓厚的夷齐情结，陈寅恪所说的“道”也好，“仁”也好，既是“抽象理想”，又具体体现为中国文化的“三纲六纪之说”。

① 陈寅恪：《王观堂先生挽词并序》，胡文辉：《陈寅恪诗笺释》（增订本，上册），第55—57页，广州：广东人民出版社，2013年第2版。

在某种程度上,小说《采薇》中夷齐念念不忘的“先王之道”,也有这样“抽象理想”的色彩,同时具体体现为“退让谦恭”“兄慈弟悌”“忠孝两全”“君臣秩序”等等。

有意思的是,陈寅恪将“中国文化”统而论之的做法,其实也部分抹去了“易代”所带来的士大夫处身立世之困境。在小说《采薇》中,夷齐显然反对的就是武王不合“先王之道”,但陈寅恪对中国文化的概括则将“抽象理想”统摄了“道”与“仁”,可以理解为在这个逻辑下“先王之道”与“王道”并无对错之分,这可以看作从孔子到韩愈的“道并行不悖”的观点的升级版。当然,陈寅恪作此论是为了突出中国传统文化之“道”与在外来学说影响下的中国现代文化观念之间的冲突,背后暗含的是对传统文化之“道”的无限叹惋。

如前所述,陈寅恪指出王国维的自杀是“求一己之心安而义尽”,这里“一己之心安”是非常有意味的。后来钱穆《论春秋时代人之道德精神》一文将“一己之心安”归纳为中国人道德最重要的特征:

> 在中国人传统观念中所谓之道德,其惟一最要特征,可谓是自求其人一己内心之所安。而所谓一己内心之所安者,亦并不谓其自我封闭于一己狭窄之心胸,不与外面世界相通流。更不指其私欲放纵,不顾外面一切,以务求一己之满足。乃指其心之投入于人世间,而具有种种敏感,人己之情,息息相关,遇有冲突龃龉,而

> 能人我兼顾,主客并照。不偏倾一边,不走向极端。斟酌调和,纵不能于事上有一恰好安顿,而于自己心上,则务求一恰好安顿。①

这里他们都关注到中国传统道德指向"一己"的特征,在某种程度上,传统的儒家道德既是"群体主义",也带有某些"个人主义"的色彩。可以说,夷齐的"坚守主义",或"狷节",联系的正是在儒家思想中始终存在却又不够彰显、易被曲解的"儒家个人主义",②狄百瑞又称之为"人格主义"。③

如果说"坚守主义""狷"具有个人主义色彩的话,这里的"个"始终不曾与"群"无涉,"群"反而是"个"的前提。坚守主义当然是在特立独行的时候最能彰显。韩愈《伯夷颂》

① 钱穆:《论春秋时代人之道德精神》(上),《中国学术思想史论丛》(卷一),第175页,合肥:安徽教育出版社,2004年。

② "对个人道德主体地位和个人精神自由以及特立独行的个人社会存在方式的重视,是先秦儒家学说不可忽视的重要内容,我们可以称之为'儒家个人主义'。"(徐克谦:《论先秦儒家的个人主义精神》,《齐鲁学刊》2005年第5期。)

③ "当一个人为忠于自己内心最深处的信念而不惜牺牲生命的时候,我们不能说他的殉道只是为了表现给其他的人看,或是为了实践某种社会义务,或是为了要符合既有的价值观。……殉道者表现了他有很强的道德良心,他透过殉道的行为完成了他的自我,也重建了社会及自然的秩序。由于这种殉道的精神具有很强烈的儒家色彩,我们可以称之为'儒家的个人主义'。但是我认为'人格主义'比较妥当……'人格主义'讲的是一个人本身的价值及尊严。'人格主义'主张人应该在自己的文化传统,社会组织,以及自然环境中实现最完美的人格,发展自我,而不主张呈现粗犷的个人形象。"(狄百瑞:《"亚洲价值"与儒家之人格主义》,朱学贵译,《国际儒学研究》第六辑,北京:中国社会科学出版社,1999年。)

赞美伯夷特立独行,但这里的特立独行始终不是一个孤立的道德标准,当然不是现代意义上的个人主义、自由主义。如果说夷齐不做孝子、相继让王,这一点儒家能够用"独善"来肯定的话,那么,夷齐叩马而谏、不食周粟、讥讪朝政的"坚守"反而说明他们的立场始终不是独立的个人。可以说,在狂狷的儒家个人主义中,始终存在"个"与"群"的张力关系。

这个问题在章太炎和早期鲁迅对于"独"和"个性"的辨析中有一个现代性的转化。章太炎把"狂狷"的问题引向了"独",指向了"个",而他关注"独"的目的恰恰也是为了"群"。《訄书》初刻本《明独》一文曰:"窃闵夫志士之合而莫之为缀游也,其任侠者又吁群而失其人也,知不独行不足以树大旅。"①(《訄书》重刻本改"大旅"为"大萃")这里,"独行"之能够"树大旅"的判断,就如同鲁迅《文化偏至论》中"个性张"然后"人国建"的论述。"独"与"大旅"("大萃"),"个性"与"人国",正是遥相呼应的两对概念。然而,何以前者就一定能够成就后者?"个"与"群"之间难道没有矛盾?抑或是《明独》的"独"或《文化偏至论》的"个性"都是以"大旅"("大萃")或"人国"为前提的,本身并不具有超越性的绝对价值?在这个意义上,"独"与"个性"可以说是发展了以"狷"为核心的儒家个人主义。

---

① 章太炎:《明独第二十四》,上海人民出版社编、朱维铮点校:《章太炎全集》(《訄书》初刻本、《訄书》重订本、《检论》),第 55 页,上海:上海人民出版社,2014 年。

儒家以“群”为本，同时又肯定坚守个人之志的“狷”与“节”，后来发展出一种可以兼容或调和这种“个”与“群”冲突的方式，孟子将孔子的“不怨”发挥成所谓的“达则兼济天下，穷则独善其身”。这里，“兼济”与“独善”其实正与“中行”与“狂狷”的关系类似，“独善”是一个不得已而求其次的选择，用含有主次关系和调和论色彩的“兼济/独善”说来解决两者可能出现的矛盾。然而，这种调和论调在“革命”发生的“易代之际”，往往就会面临最严峻的考验。在“易代之际”的“独善”，还真的可以称为“善”吗？此时“个”的“超然”的不作为，是否就是背弃了“忠孝”、抛开了“群”的无所依傍，就是消极的“变节”？

在新旧文化冲突中无法自洽，是现代学者判断王国维自沉原因时所持的一种代表性意见。梁启超对王国维自沉的理解就是如此，叶嘉莹更是发展了梁启超的“矛盾说”，将王国维视为“一个新旧文化激变中的悲剧人物”。在梁启超、叶嘉莹等人“矛盾说”的理解框架中，类似“狷节”之旧道德犹可同情，而到了冯雪峰这样革命知识阶级的眼中，这种“狷节”最终是导向“空虚”的，只有把“节”这种个人之志与新的理想、人民的立场联系起来，从而转换成革命者的“节”才有价值。

1944年，冯雪峰出版了杂文集《乡风与市风》，延续了他一贯关注的知识分子问题，尤其是士节问题。《节与志》

《利己与虚无》《依然是空虚》《"灵魂"》都围绕此问题展开,《谈士节兼论周作人》一篇文章尤其精彩、深入。冯雪峰高度评价伯夷叔齐那"峤然的独立",然而却悲悯地宣称,他们虽然具有"一种人类在历史矛盾的轧格里所树立起来的积极的德行",但他们最终获得的只能是空虚和悲哀。在冯雪峰看来,夷齐的矛盾就是历史的矛盾,这种矛盾在"其志与其依存势力的利己意念相背驰之下展开","他们的悲哀就在于他们有超过了他们时代的高志,而那是他们无力越过的鸿沟"。

冯雪峰指出的以名节立身者的矛盾,是个人之志(理想)与外在势力(时代、个人所依存的社会力)之间的矛盾。小说《采薇》反映了这种内容,比如夷齐的志是"先王之道",他们不承认武王自封的"天命",也不承认武王的"王道"符合"仁""孝"这些道义标准,更反对"以暴易暴"中的恶。夷齐既然不能与势力正昌的周武王合流,又没有站在和商纣王完全一致的立场,只是空泛地向往"神农虞夏"的圣王时代,他们的行事也就毫无出路。小说将他们叩马而谏描写得十分滑稽,避居首阳没有隐得彻底,最后饿死还不被理解、反遭毁谤,文本中看不到他们的精神有何实际的积极影响。夷齐最高只能做到个人的"坚守主义",退无可退之后,只能一死了之。

冯雪峰认为,节操这种德行并不是没有价值了,"到了我们时代,这意志独立和这尊贵的德行自然是由革命者和战士所占有和发挥,也只有他们才配占有和发挥”。[1] 冯雪峰要求“气节”必须更新成“革命者的气节”,但是对于夷齐这样的遗民来说,如果他们改换了坚守的理想,他们是否还拥有“坚守主义”?这里出现了以名节立身者不可调和的内在矛盾,出现了他们“无力越过的鸿沟”。冯雪峰固然把“节”从旧价值中打捞出来,但是对于具体的“坚守主义者”,他们是不可能既保有“狷节”式的“坚守主义”,又“与时俱进”地拥有新立场的。

朱自清《论气节》接续冯雪峰的“士节”讨论,将此问题进一步引向深入。他很激赏冯雪峰对士节问题的分析,不仅在清华大学任教时把《乡风与市风》作为学生的课外阅读书,又专门写了一篇《论气节》(1947)加以发挥。

朱自清主要从三个方面深入了气节问题。首先,气节是中国读书人或士人固有的道德标准,但古代的士人(或读书人)属于统治阶级,其利害与君相的是共同的;士到了民国变质,五四运动划出了新时代,“士”或“读书人”变成“知识分子”,从统治阶级独立成为“知识阶级”,气节问题成为“知识阶级”的问题。第二,“气节”本身有两个面向,“气”是积极的,联系着“正义感”“斗志”,“节”偏向消极,重在礼,“定等级,明分际”。“气是敢作敢为,节是有所不为。”第三,中年

① 冯雪峰:《谈士节兼论周作人》,《乡风与市风》,第96页,重庆:作家书屋,1944年。

知识分子从“五四”时代的重“气”转为(二十世纪)三四十年代的重“节”,而青年代的知识分子无视传统的“气节”,替代的是“正义感”。“正义感”其实是合并了“气”和“节”的,因其“行动力”而偏于“气”,这是“气节”在新时代的转化。无疑,朱自清所说的“青年代的知识分子”近于冯雪峰说的“革命者和战士”,因此,他指出了“青年代的知识分子”这种“新的做人的尺度”之后,不禁提出一个问题:“等到这个尺度成为标准,知识阶级大概是还要变质的罢?”①

朱自清将“气”与“节”加以区分,很有见地。其实,鲁迅《采薇》中伯夷叔齐的形象塑造就有所分别,用朱自清的概念来说,伯夷重“节”,有所不为,叔齐则重“气”,敢作敢为。伯夷“最讲礼让”,在养老堂主张寡言少行,当叔齐和他谈论时局时,他告诫叔齐“少出门,少说话”“我们是客人”“不应该说什么”。叔齐则有行动力,即使在养老堂也要练太极拳,关心时事。听说武王动兵,就断然叩马而谏;听说伐纣过程的种种暴虐,果断地决定“这里的饭是吃不得了”,要离开养老堂,“不再吃周家的大饼”。就是在首阳山,也是叔齐经过种种试验,终于从山上找到薇菜,解决了两人的食物问题。

朱自清区分“中年一代”与“青年代”两代知识分子,区分他们不同的“气节”内涵,不难让人想起鲁迅极为相似的

① 朱自清:《论气节》,《朱自清全集》第3卷散文编,第150—154页,南京:江苏教育出版社,1988年。

"中间物"观念。朱自清所说的"中年一代的知识分子",不正是鲁迅所说的过渡时代的"中间物"吗？这些"中年一代知识分子",不正是"背了这些古老的鬼魂,摆脱不开",①"有我所不乐意的在地狱里,我不愿去;有我所不乐意的在你们将来的黄金世界里,我不愿去"?②

《王静安先生墓前悼辞》一文中,梁启超指出,王国维"对于社会,因为有冷静的头脑所以能看得很清楚",而且他的学问"通方知类",能用"最科学而合理的方法"。这可以理解为王国维对学问、对社会有着理性而透彻的认知,这是王国维"新"的一面。同时,梁启超又强调,王国维有"浓厚的情感",常常发生"莫名的悲愤"。那么,这就是情感上与旧文化传统之间无法切割的联系,这可以理解为他"旧"的一面。同时,他又是"脾气平和"的,不能进行激烈的反抗,矛盾堆积日久,最后只能自杀。梁启超由此得出结论:"我们若以中国古代道德观念去观察,王先生的自杀是有意义的。"③可以看出,他对王国维的学术极为推崇,但是对于他立身处世之道的评价其实是持一定保留态度的,认为他的人格只在"古代道德观念"中有意义,质而言之,王国维是属于

---

① 鲁迅:《写在〈坟〉的后面》,《鲁迅全集》第1卷,第301页,北京:人民文学出版社,2005年。

② 鲁迅:《影的告别》,《鲁迅全集》第2卷,第169页。

③ 梁启超:《王静安先生墓前悼辞》,陈平原、王枫主编:《追忆王国维》,中国广播电视出版社,1997年版,第95、96页。

“过去时代”的人物,他的道德观念不具有指向现在和未来的价值。

对于梁启超开启的这一“矛盾说”,后来叶嘉莹的研究有更加翔实的扩充说明。《王国维及其文学批评》一书中,叶嘉莹特别花了一章来辨析王国维的死因。她认为,王国维之死不是为了“殉清”,而是因为他对清室、对民国的态度都有理智和情感上的矛盾。对于清室,王国维理智上认为亡国是咎由自取,在感情上却同情裕隆太后和逊帝溥仪;对于民国,王国维并没有狭隘的朝代观念,他对民国的失望更不是出于“不食周粟”的成见,他认识到革命为大势所趋不可避免,因此只想“超然”,只想“独善其身”地做自己的学问,但是革命的形式又使他无法乐观。可以看到,叶嘉莹的分析模式采取了列文森在《儒家中国及其现代命运》中所用的“理智与情感”二分法,观点上也接近列文森“中国近代知识分子在理智上疏离传统,而在情感上倾向传统”的论断。

这种“矛盾说”将王国维的道德选择归为对“旧传统”的情感羁绊,同时在理智上判定为缺乏现代价值。这种观念代表了民国以来现代知识分子对于伯夷叔齐的主流认识。韩愈的“特立独行”、朱熹的“道并行不悖”代表了儒家文化传统对夷齐的主流评价,但是到了民国,夷齐的名节问题发生了巨大的变化,甚至到了“士节的扫地”被当作理所当然的境地。夷齐所要坚守的对象,他们的“先王之道”“仁义”“忠孝”在现代社会成了被否定的东西。于是,他们的“坚守主义”，他们的“狷”与“节”也就被认为是“旧时代的道德”。

小说《采薇》中，小丙君在夷齐死后有一大段批评，首先是两人跑到养老堂来还不肯“超然”，作诗不肯“为艺术而艺术”，还要“怨”而“骂”；其次是两人抛下祖业，不是孝子，讥讪朝廷，不是良民，也就是“不孝不忠”。这里小丙君的批评逻辑指向的正是儒家的内在矛盾，而这一矛盾显然集中在夷齐“怨”且“骂”的行为上。

为何“怨”体现了夷齐的矛盾？既然夷齐死于“普天之下，莫非王土”的质问，也可以理解为他们“不降其志”的个人之志碰到了武王代表的“王道”“天命”的铜墙铁壁。这里不仅仅是易代之际“先王之道”与“王道”是否一致的问题，而是夷齐的“个”和武王代表的“群”的矛盾。既然小丙君代表了某种现代人的观念，“超然”，用了“时语”表达方式的“为艺术而艺术”，可以理解为绝对的个人主义，其中不包含任何家国、族群的因素。“孝子良民”，则代表了以宗法、族群为准则的“群体主义”的立场。小丙君在此指出了“个”与“群”的内在冲突。抛家舍国，不做“孝子良民”，可以看作某种“个人之志”；但是又不肯超然，并不走向绝对的个人主义，依然将“群”放在思考的背景。这里呈现的当然是易代之际士人的困境。其实，抛开朝代更迭的背景，“普天之下，莫非王土”的“王道”与“不降其志”的个人之志的矛盾，也不仅仅是易代之际“先王之道”与“王道”是否一致的问题，而是在任何时候都可能存在的，因为这里存在着“个”与“群”

的内在冲突。

夷齐评价与“个与群”的内在冲突问题自然是到了现代中国才尤其彰显出来,不过,在儒家文化传统中也并非没有显现。《论语》有四处涉及夷齐的记录,其中有两处就是孔子否认夷齐有“怨”:“怨是用希”,“求仁得仁又何怨”。显然,孔子就是想调和易代之际带来的困境,调和“个人之志”与“群”的冲突。但是司马迁却对孔子提出了质疑。《伯夷列传》中,司马迁追问夷齐的遭际是否符合“天道”,如果他们是符合“天道”而受难的话,“怨也非也”。

陈寅恪《王观堂先生挽词》有“岂知长庆才人语,竟作灵均息壤词”之句,将王国维比作屈原,梁启超也曾经称王国维自沉是“效屈子沉渊”,一方面,两者自沉的行为相似,另一方面,王国维自沉于阴历五月初三,临近端午节,不免使人如此联想。以屈原比王国维,倒是令人想起屈子之“怨”,刘向追思屈原的《九叹》中专门有“怨思”一章。司马迁更是渲染屈子之怨:“信而见疑,忠而被谤,能无怨乎?屈平之作《离骚》,盖自怨生也。”屈原是“怨”的,而屈原也是自比伯夷的,《橘颂》有“行比伯夷”之句,《楚辞·九章·悲回风》有“求介子之所存兮,见伯夷之放迹”,可见在“怨也非也”的问题上,伯夷、屈原、王国维之间的确存在着一条绵延不绝的线索。

在“怨也非也”的问题上,鲁迅的理解更为复杂。且不说面对中国传统文化的基本立场问题，鲁迅更加注意到周与殷本来就是不同的民族，武王伐纣对于殷民族来说就是异族入侵，而武王在战争中和战后的暴虐残忍，本身更是说明着“王道”的虚妄。在小说《采薇》中，体现为伯夷叔齐一方面坚守着“先王之道”而反对武王伐纣，另一方面则以鲜明的“以暴抗暴”的立场采取“不食周粟”的不合作态度。小说《采薇》中夷齐坚守“先王之道”是一种值得同情而并无出路的行为，鲁迅并没有像陈寅恪表彰王国维那样将这种自我牺牲理解成一种殉葬“抽象理想”的崇高品质，进而肯定夷齐（或王国维）的抽象的“坚守”或“狷节”，只是在对照夷齐所反对的武王之残暴、反对夷齐的小丙君之投机善变的意义上，“坚守”或“狷节”值得肯定与同情。

《采薇》的结尾鲁迅借小丙君之口极力渲染了夷齐的“赋诗明志”以及诗中之“怨”。“怨而骂”的“采薇诗”在小丙君看来大成问题，由此夷齐形象在鲁迅笔下除了不无迂腐的坚守之外又别有了一番“忿激”的“诗意”。这一点却是鲁迅特别的体认，向上承接了司马迁记录“采薇诗”而质疑孔子关于伯夷“求仁得仁何所怨”的论断，同时也指向王国维遗书中“五十之年，义无再辱”的忿激语句。同时，我们知道王国维对待清室也持一定的保留态度，辛亥革命后他流亡日本时所作《送日本狩野博士游欧洲》一诗就兼及清季的腐败与新党的幼稚狂激：“庙堂已见纲纪弛，城阙远看士风变……羸蹶俄然似土崩，梁亡自古称鱼烂。干戈满眼西风凉，众雏

得意稚且狂。人生兵死亦由命,可怜杜口心烦伤。”①对比鲁迅小说中的“采薇诗”,两者竟然有着非常相似的价值判断与情感抒发:

> 上那西山呀采它的薇菜,
> 强盗来代强盗呀不知道这的不对。
> 神农虞夏一下子过去了,我又那里去呢?
> 唉唉死吧,命里注定的晦气!

这“怨”,是否意味着在这个困境之中夷齐/王国维的感情与信仰发生了矛盾?或者说,在易代之际生成了对于所坚守价值在某种程度的质疑?这“怨”,某种程度上扭转了陈寅恪“殉文化说”背后肯定中国传统文化价值观的潜台词,而让夷齐/王国维对世事的认知别有洞察,对一己的选择别有怀抱。

小说《采薇》的写作是从厦门时期酝酿的,在漫长的酝酿过程中,王国维自沉事件及其引发的争议进入鲁迅的视野,如陈寅恪、梁启超所说,王国维的确代表了中国传统文化价值观,而现代知识分子对王国维自沉的理解也就关涉到儒

---

① 王国维:《送日本狩野博士游欧洲》,王国维著、陈永正笺注:《王国维诗词笺注》,第143页,上海:上海古籍出版社,2011年。

家"一己之心安"的伦理判断。在易代之际、在革命到来之际、在异族入侵之际，夷齐所代表的原始儒家的"坚守"似乎是脆弱的、不指向未来的，他们只能"以死相抗"。他们的坚守既不是对于一人一姓的忠，也不是与"群"无涉的出世的"独善的个人主义"，更不是"为节而节"抽象出来的理念，在"历史矛盾的轧格"下，他们似乎只能处在"个"与"群"的"矛盾"之中，他们"怨而骂"的"采薇诗"正是在困境之中发出的质问。

而鲁迅小说《采薇》实际写作的1935年，还有另一番时代背景。1934年国民政府推出"新生活运动"，鼓吹儒家的"礼义廉耻"，同年胡适《说儒》出版，此时儒家问题直接关系到中国社会现实。胡适《说儒》固然显示了其学养，而在考据背后体现出来的训"儒"为"柔"的判断，无疑是与原始儒家"坚守"相对立的一种价值观。特别是在民族危亡之际重申殷儒的"柔""顺从"，显然容易让人引发联想。引申之下，作为"柔"的"儒"，对内，在"新生活运动"的背景下，会变成对"权力"的服从；对外，在民族危亡之际，会导致"屈从"与"背叛"（类似"易代之际"的"屈节"）；因此，1940年代郭绍虞等知识分子接续章太炎来提倡"狷"与"节"。[1] 在这种内忧外患的历史境遇之中，有"怨"的坚守反而生发出某种积

---

[1] 郭绍虞：《民主与狂狷精神》，《民主周刊》1945年创刊号；郭绍虞：《论狂狷人生》，《民主周刊》1945年10月；郭绍虞：《从文人的性情思想论到狷性的文人》，《文艺复兴》1946年第1卷第1期。

极的抵抗意义。

到了1940年代末,随着时代问题的转化,这种“儒家个人主义的坚守”又遭遇新的危机,1949年8月,毛泽东发表了著名的《别了,司徒雷登》一文,文中批评对美国怀着幻想的中国的自由主义者或所谓“民主个人主义者”,呼吁他们要像表现了我们民族英雄气概的闻一多、朱自清一样不屈服,而将伯夷式的“民主个人主义思想”当作知识分子思想落后的某种根源:

> 我们中国人是有骨气的。许多曾经是自由主义者或民主个人主义者的人们,在美国帝国主义者及其走狗国民党反动派面前站起来了。闻一多拍案而起,横眉怒对国民党的手枪,宁可倒下去,不愿屈服。朱自清一身重病,宁可饿死,不领美国的“救济粮”。唐朝的韩愈写过《伯夷颂》,颂的是一个对自己国家的人民不负责任、开小差逃跑、又反对武王领导的当时的人民解放战争、颇有些“民主个人主义”思想的伯夷,那是颂错了。我们应当写闻一多颂,写朱自清颂,他们表现了我们民族的英雄气概。①

这绝不是巧合。时代转折之际,儒家个人主义的内在矛

---

① 毛泽东:《别了,司徒雷登》,《人民日报》1949年8月19日。

盾再一次凸显出来。鲁迅《采薇》中提出的问题又一次以新的形式出现,拷问着现代中国知识分子。而这种拷问,显然也不是最后一次,夷齐评价所关涉的儒家个人主义问题,需要现代中国知识分子基于时代话题不断重返与体认。

引用文献

1.《鲁迅全集》,北京:人民文学出版社,2005。

2.《鲁迅辑录古籍丛编》,北京:人民文学出版社,1999。

3.《1913—1983 鲁迅研究学术论著资料汇编》,北京:中国文联出版社,1986。

4. [汉]刘向编:《战国策》,济南:齐鲁书社,2005。

5. [宋]朱熹著、黎靖德编:《朱子语类》,北京:中华书局,1999。

6. [宋]罗大经著、王瑞来点校:《鹤林玉露》,北京:中华书局,1983。

7. [元]佚名:《武王伐纣平话》,上海:中国古典文学出版社,1956。

8. [明]杜蕙编:《新编增补评林庄子叹骷髅南北词曲》,东京大学东洋文化研究院藏。

9. [明]沈泰编:《四库家藏盛明杂剧》,济南:山东画报出版社,2004。

10. [明]许仲琳编、施凤校点:《封神演义》,郑州:中州古籍出版社,1997。

11. [清]艾衲居士等著、王秀梅点校:《豆棚闲话　醒梦骈言》,北京:中华书局,2007。

12. [清]崔述:《崔东壁集》,许啸天标点,胡云翼校阅,上海:群学社,1928。

13. [清]孙星衍:《尚书古今文注疏》,北京:中华书局,1986。

14. [清]郝懿行:《山海经笺疏》,成都:巴蜀书社,1985。

15.《陈寅恪集》,北京:生活·读书·新知三联书店,2000。

16.《古史辨》,上海:上海古籍出版社,1982。

17.《顾颉刚书信集》,北京:中华书局,2011。

18.《郭沫若全集·文学编》,北京:人民文学出版社,1982。

19.《胡适来往书信选》,北京:中华书局,1979。

20.《胡适文集》,欧阳哲生编,北京:北京大学出版社,1998。

21.《茅盾评论文集》,北京:人民文学出版社,1978。

22.《瞿秋白文集》,北京:人民文学出版社,1953。

23.《孙中山文粹》,广州:广东人民出版社,1996。

24.《王国维全集》,谢维扬、房鑫亮主编,杭州:浙江教育出版社,2009。

25.《王国维先生全集》,台北:大通书局,1976。

26.《吴宓日记》,北京:生活·读书·新知三联书店,1998。

27.《严复集》,王栻主编,北京:中华书局,1986。

28.《章太炎全集》,上海:上海人民出版社,2014。

29.《朱自清全集》第3卷散文编,南京:江苏教育出版社,1988。

30. 鲍国华:《鲁迅〈中国小说史略〉与盐谷温〈中国文学概论讲话〉——对于"抄袭"说的学术史考辨》,《鲁迅研究月刊》2008年第4期。

31. 北京鲁迅博物馆编:《鲁迅手迹和藏书目录》(内部资料),1957。

32. 卞僧慧纂、卞学洛整理:《陈寅恪先生年谱长编(初稿)》,北京:中华书局,2010。

33. 车锡伦:《"道情"考》,《戏曲研究》第70辑,北京:文化艺术出版社,2006。

34. 陈平原、王风编:《追忆王国维(增订本)》,北京:生活·读书·新知三联书店,2009。

35. 丁山:《古代神话与民族》,北京:商务印书馆,2013。

36. 冯雪峰:《乡风与市风》,重庆:作家书屋,1944。

37. 傅勤家:《中国道教史》,北京:东方出版社,2008。

38. 高阳:《高阳说诗》,沈阳:辽宁教育出版社,1998。

39. 顾颉刚:《与钱玄同先生论古史书》,1923年5月《读书杂志》第9期。

40. 郭绍虞:《从文人的性情思想论到狷性的文人》,《文艺复兴》1946 年第 1 卷第 1 期。

41. 郭绍虞:《论狂狷人生》,《民主周刊》1945 年 10 月。

42. 郭绍虞:《民主与狂狷精神》,《民主周刊》1945 年创刊号。

43. 韩日新:《〈采薇〉初探》,《鲁迅研究资料》1982 年 1 月。

44. 何家槐:《对于〈采薇〉的一些理解》,《语文学习》1956 年第 10 期。

45. 贺昌群:《日本学术界之"支那学"研究》,《大公报・图书副刊》1933 年第 3 期。

46. 侯桂新:《鲁迅全集中的梁启超形象》,《中国现代文学研究丛刊》2015 年第 12 期。

47. 胡风:《关于速写及其他》,1935 年 2 月 1 日《文学》第 4 卷第 2 号。

48. 胡秋原:《一百三十年来中国思想史纲》,台北:学术出版社,1973。

49. 胡适:《〈西游记〉的第八十一难》,1934 年 7 月《学文月刊》第 1 卷第 3 期。

50. 胡文辉:《陈寅恪诗笺释》(增订本),广州:广东人民出版社,2013。

51. 李桑牧:《〈故事新编〉的论辩和研究》,上海:上海文艺出版社,1984。

52. 李桑牧:《鲁迅小说论集》,武汉:长江文艺出版社,1956。

53. 李孝迁:《日本“尧舜禹抹杀论”之争议对民国古史学界的影响》,《史学史研究》2010 年第 4 期。

54. 梁启超:《梁启超古典文学论著》,上海:上海书店出版社,2013。

55. 梁启超:《要籍解题及其读法》,长沙:岳麓书社,2010。

56. 刘季伦:《陈寅恪王观堂先生挽词并序诗笺证稿》,《东岳论丛》2014 年第 5 期。

57. 刘咸炘:《道教征略》,上海:上海科学技术文献出版社,2010。

58. 刘铮编、吴菲译:《日本读书论》,上海:上海三联书店,2014。

59. 马昌仪编:《中国神话学文论选粹》,北京:中国广播电视出版社,1994。

60. 马勇编:《章太炎书信集》,石家庄:河北人民出版社,2003。

61. 毛泽东:《别了,司徒雷登》,《人民日报》1949 年 8 月 19 日。

62. 潘世圣:《关于鲁迅的早期论文及改造国民性思想》,《鲁迅研究月刊》2002 年第 9 期。

63. 溥仪:《我的前半生》,北京:东方出版社,2007。

64. 钱穆:《中国学术思想史论丛》(卷一),合肥:安徽教育出版社,2004。

65. 钱婉约:《"层累地造成说"与"加上原则"——中日近代史学上之古史辨伪理论》,《人文论丛》,武汉:武汉大学出版社,1999。

66. 陶菊隐:《北洋军阀统治时期史话》,太原:山西人民出版社,2013。

67. 汪晖:《现代中国思想的兴起》,北京:生活·读书·新知三联书店,2004。

68. 王汎森:《古史辨运动的兴起》,台北:允晨文化公司,1987。

69. 王国维著、陈永正笺注:《王国维诗词笺注》,上海:上海古籍出版社,2011。

70. 王世杰:《王世杰日记》,林美莉编辑校订,台北:(台湾)"中研院"近代史研究所,2012。

71. 王叔岷:《庄子校诠》,北京:中华书局,2007。

72. 王宣标:《明王应遴原刻本衍庄新调杂剧考》,《文化遗产》2012 年第 4 期。

73. 王瑶:《中国现代文学史论集》,北京:北京大学出版社,1998。

74. 夏晓虹编:《追忆梁启超》,北京:中国广播电视出版社,1997。

75. 徐克谦:《论先秦儒家的个人主义精神》,《齐鲁学刊》2005 年第 5 期。

76. 徐旭生:《中国古史的传说时代》(增订本),北京:科学出版社,1960。

77. 许地山:《道教史》,北京:北京大学出版社,2009。

78. 玄珠(茅盾):《中国神话研究 ABC》,上海:世界书局,1929。

79. 杨鹏、罗福惠:《古史辨运动与日本疑古史的关联》,《探索与争鸣》2010 年第 3 期。

80. 幺书仪:《元人杂剧与元代社会》,北京:北京大学出版社,1998。

81. 袁珂:《山海经校注》(增补修订本),成都:巴蜀书社,1993。

82. 张崑将:《日本德川时代古学派之王道政治论:以伊藤仁斋、荻生徂徕为中心》,上海:华东师范大学出版社,2008。

83. 赵京华:《鲁迅与盐谷温——兼及国民文学时代的中国文学史编撰体制之创建》,《鲁迅研究月刊》2014 年第 2 期。

84. 赵霈林:《先秦神话思想史论》,北京:学苑出版社,2002。

85. [澳]张钊贻:《鲁迅:中国“温和”的尼采》,北京:北京大学出版社,2011。

86. [德]弗兰克:《浪漫派的将来之神》,李双志译,上海:华东师范大学出版社,2011。

87. [德]马克斯·韦伯:《儒教与道教》,王容芬译,北京:商务印书馆,1995。

88. [俄]李福清:《海外孤本晚明戏剧选集三种》,上海:上海古籍出版社,1993。

89. [日]安居香山、中村璋八辑:《纬书集成》,石家庄:河北人民出版社,1994。

90. [日]伊藤虎丸:《鲁迅与日本人:亚洲的近代与"个"的思想》,李冬木译,石家庄:河北教育出版社,2000。

91. [日]佐藤将之:《中国古代的"忠"论研究》,台北:台湾大学出版中心,2010。

92. [苏]叶·莫·梅列金斯基:《神话的诗学》,魏庆征译,北京:商务印书馆,1990。

93. Viren Murthy, *The Political Philosophy of Zhang Taiyan: The Resistance of Consiousness*, Brill, 2011.

94. Isomae Jun'ichi, *Religious Discourse in Modern Japan: Religion, State, and Shinto*, translated by Galen Amstutz and Lynne E. Riggs, Brill Academic Pub, 2014.

图书在版编目(CIP)数据

起死与采薇:《故事新编》中的古与今/祝宇红著.
--上海:华东师范大学出版社,2023
(六点评论)
ISBN 978-7-5760-3775-3

Ⅰ.①起… Ⅱ.①祝… Ⅲ.①鲁迅小说—小说研究
Ⅳ.①I210.97

中国国家版本馆 CIP 数据核字(2023)第 056929 号

华东师范大学出版社六点分社
企划人 倪为国

六点评论
起死与采薇:《故事新编》中的古与今

著　　者 祝宇红
责任编辑 彭文曼
责任校对 古　冈
封面设计 吴元瑛

出版发行 华东师范大学出版社
社　　址 上海市中山北路 3663 号　邮编　200062
网　　址 www.ecnupress.com.cn
电　　话 021-60821666　行政传真　021-62572105
客服电话 021-62865537　门市(邮购)电话　021-62869887
地　　址 上海市中山北路 3663 号华东师范大学校内先锋路口
网　　店 http://hdsdcbs.tmall.com

印 刷 者 上海盛隆印务有限公司
开　　本 889×1194　1/32
印　　张 6.75
字　　数 115 千字
版　　次 2023 年 5 月第 1 版
印　　次 2023 年 5 月第 1 次
书　　号 ISBN 978-7-5760-3775-3
定　　价 58.00 元

出 版 人 王　焰